Über dieses Buch »Kinder des Albatros« ist nach »Leitern ins Feuer« der zweite einer Folge von Romanen, bzw. Erzählungen, die Anaïs Nin unter einem gemeinsamen Titel »Cities if the Interior« gestellt hat.
Erstmals 1959 erschienen, kann die vorliegende Doppelerzählung, in der die Liebe zweier Frauen im Mittelpunkt steht, heute gelesen werden als eine Hymne auf die Jugend, als Suche und Beschwörung eines Männertypus, der weich, nachgiebig und jung, mit den »Männern der Macht« nichts mehr gemein hat. Der Albatros des Titels, ein Sturmvogel, wird in Anaïs Nins Erzählung zum Symbol der Jugend und einer ganz spezifischen Form von Liebe, die ihr Maß in der Hinwendung zum Kindlichen, in einer Liebe, die nicht Besitz ergreifen will, gefunden hat.
In beiden Erzählteilen »Der versiegelte Raum« und »Das Café« stehen eine Frau und ihr Erlebnis von der Liebe im Mittelpunkt: im ersten Teil Djuna, deren Liebesgeschichte mit einem Siebzehnjährigen erzählt wird; im zweiten Teil Sabina, die sich ihrer Abhängigkeit bewußt wird, obwohl oder weil ihr gesagt wird: »Sie pflückte das Begehren des Mannes, der für sie die Drehtür in Bewegung setzte.«
Die »Kinder des Albatros« oder die Kunstfiguren der Anaïs Nin, an denen der Leser unschwer autobiographische Züge wahrnimmt, sind ebenso verletzlich wie sensibel, ebenso sehnsüchtig wie enttäuscht und ebenso hoffnungslos weltfremd wie träumerisch verzückt.
Eine Prosa voll Poesie und femininer Sinnlichkeit.

Die Autorin Anaïs Nin wurde 1903 als Tochter eines spanischen Klaviervirtuosen in Paris geboren, lebte bis 1940 in Europa, vorwiegend in Paris, dann in Amerika. Sie starb 1977 in Kalifornien. Sie hat Modell gestanden, gemalt, getanzt und geschrieben – annähernd zehn Romane und viele Essays. Seit 1931 war sie eng mit Henry Miller befreundet, den sie stark beeinflußte. Berühmt wurde sie vor allem durch ihr Hauptwerk: Tagebücher im Umfang von 15000 Manuskriptseiten.

Als Fischer Taschenbücher sind lieferbar:
Die neue Empfindsamkeit · Über Frau und Mann (Bd. 5209), Leitern ins Feuer (Bd. 5256), Sanftmut des Zorns · Was es heißt, Frau zu sein (Bd. 5242), Unter einer Glasglocke (Bd. 5145), Das Kindertagebuch 1914–1919 (Bd. 5740), Das Kindertagebuch 1919–1920 (Bd. 5618), Die Tagebücher der Anaïs Nin. 1947– 1955 (Bd. 2253), Die Tagebücher der Anaïs Nin. 1955–1966 (Bd. 5100), Die Tagebücher der Anaïs Nin. 1966–1974 (Bd. 5631).

Anaïs Nin

Kinder des Albatros

Erzählung

Aus dem Amerikanischen übertragen
von Manfred Ohl und Hans Sartorius

Fischer Taschenbuch Verlag

Titel der Originalausgabe:
Children of the Albatros

21.–23. Tausend: März 1987

Ungekürzte Ausgabe
Veröffentlicht im Fischer Taschenbuch Verlag GmbH,
Frankfurt am Main, Juni 1984

Lizenzausgabe mit freundlicher Genehmigung
der Nymphenburger Verlagshandlung GmbH, München

Umschlagentwurf: Jan Buchholz / Reni Hinsch
Gesamtherstellung: Clausen & Bosse, Leck
Printed in Germany
780-ISBN-3-596-25975-4

Der versiegelte Raum

Djuna verließ den Bus am Montmartre und stand mitten auf dem Jahrmarkt. Als ihr rechter Fuß das Pflaster berührte, befreite sich die Musik des Karussells lärmend aus ihrer Mechanik. Djuna spürte, wie der Jahrmarkt, ihre Stimmung und ihr Körper durch die laute Fröhlichkeit der Musik verwandelt wurden. Ebenso abrupt hatte sich in ihrer Kindheit das Leben im Waisenhaus aus einem bedrückenden Alptraum in Freiheit verwandelt, als sie ein Tanzstipendium gewann.

Ihre Kindheit und Jugend waren durch Schicksalsschläge hart und schmerzlich gewesen, wie ein mühsames Gehen an Krücken. Aber es hatte sich über Nacht in einen Tanz verwandelt, durch den sie Luft, Raum und die Leichtigkeit ihrer eigenen Natur entdeckte.

So zerfiel ihr Leben in zwei Teile: das dürftige, das prosaische Dasein ihrer Kindheit, in dem die Armut ihre Schritte hemmte, und dann der Tag, an dem sich ihr innerer Monolog in Musik verwandelte und ihre Füße tanzen ließ.

Wenn sie ihre Fußspitzen auf den Boden setzte, dachte sie immer: Mein Tanzen öffnete die Tür des Waisenhauses. Es war der Weg aus der Armut, aus der Vergangenheit. In ihrer Erinnerung spürte sie den nackten Boden der ersten Wohnung unter ihren Füßen. In ihrer Erinnerung spürte sie ihre Füße auf dem Linoleum des Waisenhauses. In ihrer Erinnerung spürte sie, wie ihre Füße die Treppen des Hauses hinauf- und hinunterliefen, in dem sie wohnte, nachdem sie ›adoptiert‹ worden war. Dort hatte sie Eifersucht auf die Zuneigung empfunden, die den ehelichen Kindern entgegengebracht wurde. In ihrer Erinnerung spürte sie, wie ihre Füße aus diesem Haus davonliefen.

Sie erinnerte sich an ihre derben, abgetragenen Schuhe, ihre gestopften Strümpfe und an ihren Hunger nach den neuen und glänzenden Schuhen in den Schaufenstern.
Sie erinnerte sich der Hornhaut an ihren Füßen, die ihr durch Hausarbeit, Modellstehen für Maler, ihre Arbeit als Mannequin, Kälte, durch die schlecht reparierten und schlecht passenden Schuhe beschert wurden.
Sie erinnerte sich an den Tag, an dem ihr Träumen zu Gesang, zu einem klingenden Monolog wurde. Es war der Tag, an dem aus ihren Träumen eine Miniaturoper entstand, die alle bitteren und dissonanten Töne der Welt aus ihrem Leben verbannte.
Sie erinnerte sich an den Tag, als ihre Füße in dem Gefängnis aus glanzlosem Leder ruhelos wurden und unter dem Einfluß innerer Harmonien zu vibrieren begonnen, als sie ihre Schuhe abwarf, und als unter ihren Bewegungen die Nähte ihres abgetragenen Kleides unter den Armen platzten und ihr Rock an den Knien zerriß.
Der Strom musikalischer Eindrücke war vom Kopf in ihre Füße geflossen, und sie fühlte sich nicht mehr wie jemand, der von einem scharfen, unsichtbaren Säbelhieb in zwei Teile gespalten worden war.
In der Welt der Realität war sie die Frau, die sich einem mysteriösen Schicksal unterwarf, das sich ihrem Einfluß entzog. In ihrer inneren Welt lebte sie als eine Frau, die sich viele Wege tief nach innen geöffnet hatte, wo niemand sie erreichen konnte. Dorthin brachte sie ihre Schätze, wo sie sicher vor Zerstörung waren, und dort erschuf sie eine Welt, die das absolute Gegenteil der Welt war, die sie kannte.
Aber beim ersten Tanzschritt gelang eine Fusion, kam es zur Verschmelzung, zur Einheit. Der Schnitt durch die Mitte ihres Körpers heilte, und sie war ganz Bewegung.
Von einem inneren Rhythmus getragen und bewegt, tanzten ihre Füße zum Klang einer Spieluhr in ihrem Kopf, erhoben sie aus den Sümpfen und den Ausdünstungen der Armut. Ihre Füße trugen sie über Kontinente und Ozeane und setzten sie auf dem Pflaster eines

Platzes in Paris ab, zwischen schimmernden, farbigen Zelten, unter den wehenden Fahnen des Vergnügens, zwischen den Karussells, die sich wie Derwische drehten. Es war der Tag, an dem der Jahrmarkt begann.
Sie ging in eine Seitenstraße, klopfte an eine dunkle Haustür. Eine ungepflegte Concierge ließ sie ein, und sie eilte die Treppe hinunter zu einem großen Kellerraum.
Bereits auf der Treppe hörte sie das Klavier, das Stampfen der Füße und die Stimme des Ballettmeisters. Jedesmal, wenn das Klavier abbrach, hörte sie seine Ermahnungen und das Flüstern dünner Stimmchen.
Manchmal war der Unterricht gerade beendet, wenn sie eintrat, und ein Schwarm kleiner Mädchen flatterte in vermotteten Ballettkleidchen an ihr vorüber; die kleinen Mädchen aus der Oper, die lachten und flüsterten und wie Motten in ihren staubigen Ballettschuhen umherschwirrten, wie ein Schneegestöber in der Dunkelheit des riesigen Raums mit den feuchten Perlen der Anstrengung auf ihren Gesichtern.
Djuna ging mit ihnen die Gänge entlang zu den Garderoben, die auf den ersten Blick wie ein Garten aussahen, mit den bauschigen Gänseblümchen der Ballettröcke, der Kapuzinerkresse und dem Mohn spanischer Röcke, den Rosen aus Watte, den Sonnenblumen, den Spinnweben der Haarnetze.
Die kleine Garderobe war erfüllt vom Geruch abgestandener Schminke, Gesichtspuder und billigem Eau de Cologne. Sie quoll über vom Lachen der Mädchen und ihren Geständnissen. Überall türmten sich alte Ballettschuhe, zerschlissene, verblaßte Blüten und zerknitterter Tüll.
Sobald Djuna ihre Alltagskleider ablegte, erlebte sie den bangen Augenblick der Verwandlung.
Das leicht verstimmte Klavier, das Vibrieren des Fußbodens und der Schweißgeruch ließen in ihr das Gefühl der Erregung wachsen, das in diesem Garten der Kostüme zur Begleitmusik von Flüstern und Gelächter gedieh.
Wenn sie ihr Bein an der Ballettstange ausstreckte, legte der Ballettmeister seine Hand darauf, als wolle er die Bewegung der ausgestreckten Fußspitze lenken.

Der Ballettmeister, ein vierzigjähriger Mann mit schlankem, aufrechtem und durchtrainiertem Körper, hatte kein attraktives Gesicht, aber elegante Gesten und Bewegungen. Sein Gesicht war wenig ausdrucksvoll, die Züge verschwommen. Es schien, als sei der Tanz ein Bildhauer, der alle seine Bewegungen mit Stilgefühl, Form und Eleganz geprägt, aber das Gesicht vernachlässigt hätte.

Sie spürte immer die ungewöhnliche Wärme seiner Hand, wenn er sie anfaßte, um eine Bewegung zu leiten, zu verbessern, zu korrigieren oder zu ändern.

Wenn seine Hand ihr Fußgelenk umspannte, richtete sich ihre ganze Aufmerksamkeit auf ihr Fußgelenk, als sei er der Zauberer, der das Blut hindurchfließen ließ. Wenn er seine Hand um ihre Hüfte legte, wurde sie sich deutlich ihrer Taille bewußt, als sei er der Bildhauer, der sie geformt hatte.

Wenn er mit seiner Hand das Zeichen zum Tanzen gab, war es nicht nur, als habe er die Form ihres Körpers gemeißelt und ihren Blutkreislauf in Gang gesetzt, sondern als entstünde unter seiner Hand das Zusammenwirken von Blut, Gesten und Form, und die *leçon de danse* wurde zu einer Lektion Leben.

So gehorchte sie – sie tanzte. In seinen Händen war sie biegsam und nachgiebig. Sie arbeitete an ihrem Körper, sie erzog ihn zur Disziplin, sie erweckte ihn.

Allmählich wurde deutlich, daß sie die Favoritin war. Sie war die einzige, mit der er nicht schimpfte, während sie sich umzog. Er freute sich besonders über ihre Fortschritte und urteilte weniger hart über ihre Fehler.

Sie gehorchte seinen Händen. Aber bei ihr fand er es zwingender als bei anderen Schülern, sie durch Berührungen zu führen oder durch sanfte Modulationen seiner Stimme.

Er begleitete sie mit seinen eigenen Bewegungen, als wisse er, daß ihre Bewegungen besser wurden, wenn er sie zusammen mit ihr ausführte.

Der Tanz gewann an Perfektion: eine Perfektion, die aus dem Einklang ihrer Gesten geboren wurde, geboren aus ihrer Unterwerfung und seiner Beherrschung. Wenn er

müde war, tanzte sie weniger gut. Wenn er seine Aufmerksamkeit auf sie richtete, tanzte sie vollendet.
Die kleinen Mädchen der Balletttruppe, erfahren in diesen Dingen, flüsterten und kicherten: »Du bist die Favoritin!«
Und doch sah sie in ihm niemals den Mann. Er war der Ballettmeister. Wenn er ihren Körper mit dieser magnetisierenden Kraft beherrschte, diesem körperlichen Einfluß, dann geschah es als ihr Meister und nur für das Tanzen.
Aber eines Tages nach der Unterrichtsstunde, als die kleinen Mädchen aus der Oper gegangen waren und in der Luft nur noch das Echo der Seide, des Knisterns und des aufgeregten Trippelns hing, folgte er ihr in die Garderobe.
Sie hatte das bauschige Tanzkleid noch nicht ausgezogen, den weitabstehenden Petticoat, das enganliegende Trikot, und als er die Garderobe betrat, wirkte es wie eine Fortsetzung des Tanzes. Eine Fortsetzung des Tanzes, als er sich ihr näherte, mit einer galanten Verbeugung niederkniete und seine Arme um ihr Kleid legte, das sich wie eine große Blüte entfaltete. Sie legte ihre Hand auf seinen Kopf wie eine Königin, die seine Anbetung entgegennahm.
Er blieb knien, während sich das Kleid wie eine vollerblühte Blume öffnete, und er einen Kuß auf das Herz der Blüte drückte.
Ein Kuß, eingeschlossen von der Blütenkrone des Kleides und versteckt. Dann kehrte er in das Studio zurück, um mit der Pianistin zu sprechen, um ihr zu sagen, wann sie am nächsten Tag kommen solle, und um sie zu bezahlen.
Djuna zog sich währenddessen um.
Sie verhüllte ihre Wärme, verhüllte ihr Zittern, verhüllte ihre Ängste.
Er wartete an der Tür auf sie, gepflegt und elegant. Er sagte: »Wollen wir nicht zusammen in ein Café gehen?«
Sie folgte ihm. Nicht weit entfernt lag die belebte Place Clichy, auf der es durch den Jahrmarkt heute noch turbulenter zuging als sonst.
Die Karussells drehten sich lustig. Die Zigeunerinnen sag-

ten in kleinen Buden, an denen orientalische Teppiche hingen, die Zukunft voraus. Arbeiter schossen Tontauben und gewannen Kristallteller für ihre Frauen.
Die Prostituierten genossen ihr Promenieren und die Männer ihr Herumlungern.
Der Ballettmeister sagte zu ihr: »Djuna (und plötzlich, als er ihren Namen aussprach, spürte sie wieder den Kuß, den er ihr gegeben hatte), ich bin ein einfacher Mann. Meine Eltern waren Schuhmacher in einem kleinen Dorf im Süden. Als Junge wurde ich in eine Eisenfabrik geschickt, wo ich schwer arbeiten mußte, und mein Körper war auf dem Weg, durch zu große Muskeln deformiert zu werden. Aber während meiner Mittagspause tanzte ich. Ich wollte Ballettänzer werden, und ich übte vor einem der großen Öfen an einer Eisenstange. Und heute – sieh!« Er reichte ihr ein Zigarettenetui, in das die Namen berühmter Ballettänzerinnen eingraviert waren. »Und heute«, sagte er stolz, »bin ich Partner aller dieser Frauen gewesen. Komm mit mir, und wir können glücklich sein. Ich bin ein einfacher Mann, aber wir können in allen Städten Europas tanzen. Ich bin nicht mehr jung, aber ich kann noch immer tanzen. Wir könnten glücklich sein ...«
Das Karussell drehte sich, und mit ihm drehten sich ihre Gefühle. Sie ritt wieder im Park auf den hölzernen Pferden ihrer Kindheit, und sie flog dahin von Stadt zu Stadt; sie griff eifrig nach den Auszeichnungen, nach den Blumen, nach den Zeitungsausschnitten, nach Anerkennung; und ihre geheimen Wünsche nach Genuß deutlich sichtbar, umgelegt, wie ein roter Schal, und im Mittelpunkt immer wieder diese frohe Musik: im Mittelpunkt ihr wiederentdeckter Körper, ihr tanzender Körper. (War sie nicht die Frau auf der Suche nach ihrem Körper gewesen, den sie durch einen vernichtenden Schlag verloren hatte? – Er war untergegangen und schwamm jetzt wieder an der Oberfläche, wo unverkrüppelte Menschen in einer Welt der Freude wie auf einem Jahrmarkt lebten.)
Wie sollte sie das diesem einfachen Mann erklären? Wie sollte sie es ihm erklären? *In mir ist etwas zerbrochen.* Ich kann nicht so leicht tanzen, leben, lieben wie andere.

Ganz sicher würde ich auf unserer gemeinsamen Reise durch die Welt irgendwo ein Bein brechen. Da dieser innere Bruch unsichtbar ist und andere nicht daran glauben, würde ich nicht ruhen, bis ich etwas gebrochen hätte, das für alle sichtbar ist, für alle verständlich. Wie kann ich diesem einfachen Mann erklären, daß ich nicht unaufhörlich erfolgreich tanzen könnte, ohne zu zerbrechen. *Ich bin die Tänzerin, die fällt*. Ich falle immer in die Netze der Depressionen. Ich breche mein Herz und meinen Körper bei jeder Drehung. Ich verliere mein Tempo und meine Leichtigkeit. Ich entzweie mich mit jeder Truppe. Ich falle in Ungnade. Ich verliere die Perfektion. Zu oft geschieht das Falsche, etwas, wobei du mir nicht helfen kannst ... Angenommen, wir befänden uns in einem fremden Land, in einem fremden Hotel. Du bist allein in einem Hotelzimmer. Was ist schon dabei? Du kannst dich mit dem Barkeeper unterhalten oder ein Glas Bier trinken oder die Zeitung lesen. Alles ist einfach. Aber wenn ich allein in einem Hotelzimmer bin, widerfährt mir manchmal, was Kindern widerfährt, wenn die Lichter ausgeschaltet werden, Tieren und Kindern. Aber die Tiere heulen in ihrer Einsamkeit, und die Kinder können nach ihren Eltern rufen und nach Licht, aber ich ...

»Wie lange es dauert, bis du mir antwortest«, sagte der Ballettmeister.

»Ich bin nicht stark genug«, sagte Djuna.

»Das dachte ich, als ich dich zum ersten Mal sah. Ich glaubte, du könntest die Disziplin einer Tänzerin nicht auf dich nehmen. Aber das stimmt nicht. Du siehst zerbrechlich aus, aber du bist gesund. Ich kann gesunde Frauen an ihrer Haut erkennen. Deine Haut ist glänzend und rein. Nein, ich glaube nicht, daß du stark bist wie ein Pferd. Du bist, was wir *›une petite nature‹* nennen. Aber du hast Energie und Mut. Und alles andere wird sich finden.«

Plötzlich hielt das Karussell mitten in einer Melodie an. Der Motor hatte ausgesetzt. Die Pferde drehten sich langsamer, die Kinder verloren ihre Ausgelassenheit. Der Besitzer blickte besorgt. Ein Mechaniker wurde gerufen. Er kam wie ein Arzt mit einer Tasche.

Der Jahrmarkt verlor die mitreißende Fröhlichkeit.
Als die Musik abbrach, konnte man die trockenen Schüsse der Amateurschützen hören und die Tontauben, die hinter den Pappwänden zu Boden fielen.
Die Träume, an denen Djuna im Waisenhaus begonnen hatte zu weben, als seien sie das eine Netz, in dem sie leben konnte, wurden im Laufe der Zeit immer ungezügelter. Mit Hilfe dieses Netzes hatte sie sich stets dem Zugriff unerträglicher Ereignisse entzogen und sich ihre eigenen Erlebnisse parallel zu jenen geschaffen, die ihre Gefühle nicht ertragen konnten. Ihre Träume gebaren Welten innerhalb der Welten. Die Träume begannen in der Nacht, wenn sie schlief, und setzten sich fort am Tag und begleiteten manche ihrer Taten, die dadurch, wie sie jetzt erkannte, unwirksam gemacht wurden.
Zunächst unterschieden sich in ihren Träumen die auftauchenden Gestalten und Städte von der Wirklichkeit und hatten keine Ähnlichkeit mit ihr. Es waren Bilder, die ihren Kopf mit Fieberphantomen füllten, mit einem drogenartigen Panorama von Ereignissen, das sie unempfindlich gegen Kälte, Hunger, Müdigkeit machte.
Der Tag, an dem ihre Mutter ins Krankenhaus gebracht wurde und starb; der Tag, an dem ihr Bruder beim Spielen auf der Straße verunglückte und daraufhin leicht geistesgestört wurde; der Tag, als sie im Waisenhaus unter die Tyrannei des einzigen Mannes dort geriet, es waren Tage, an denen sie eine Intensivierung ihrer anderen Welt bemerkte.
Sie konnte noch immer über diese Ereignisse weinen, aber so wie Leute klagen, bevor sie eine Narkose erhalten. »Es schmerzt noch immer«, sagt die Stimme, während die Narkose zu wirken beginnt, und während der Schmerz stumpfer wird, klagt der Körper mehr aus Erinnerung an den Schmerz, mechanisch, kurz bevor er in eine Leere versinkt.
Sie fand sogar einen Weg, ihr Weinen zu beherrschen.
Im Waisenhaus waren Spiegel nicht erlaubt, aber die Mädchen hatten sich selbst einen Spiegel gemacht, indem sie hinter eines der kleinen Fenster schwarzes Papier klebten.

Einmal in der Woche stellten sie sich vor diesen Spiegel und blickten abwechselnd auf ihre Gesichter.
In diesem schwarzen Spiegel warf Djuna den ersten Blick auf ihr jugendliches Gesicht. Die klare Tönung ihrer Haut wirkte darin, als sei sie von Trauer überschattet, als würde sie auf dem Grund eines Brunnens widergespiegelt.
Selbst lange Zeit danach war es für sie schwierig, diesen ersten Eindruck von ihrem Gesicht zu vergessen: das Gesicht, das auf schwarze, stille Wasser gemalt war.
Aber sie entdeckte, daß wenn sie weinte und ihr Weinen in einem Spiegel betrachtete, die Tränen versiegten. Die Tränen gehörten nicht mehr ihr, sie gehörten einer anderen.
Von da an besaß sie diese Macht: Gleich welches Gefühl sie überwältigte oder quälte, sie konnte es vor einen Spiegel bringen, es betrachten und sich davon lösen.
Und sie glaubte, einen Weg gefunden zu haben, ihr Leid zu meistern.
Es gab einen Jungen ihres Alters, der unter ihrem Fenster vorbeiging und dessen Anblick sie fesselte. Er besaß ein schmales, lebhaftes Gesicht; Augen, die mit Zärtlichkeit angefüllt schienen, und sanfte Bewegungen.
Sein Vorbeigehen konnte sie glücklich oder unglücklich machen, warm oder kalt, reich oder arm. Je nachdem, ob er in Gedanken versunken auf der anderen Straßenseite ging oder auf ihrer Seite, ob er zu ihrem Fenster hinaufsah oder es vergaß, er bestimmte die Stimmung ihres Tages.
Sein Verhalten gab ihr das Gefühl, sich ihm völlig anvertrauen zu können. Und wenn er an die Tür gekommen wäre und sie aufgefordert hätte, ihm zu folgen, hätte sie das ohne Zögern getan.
Nachts in ihren Träumen schmolz sie in seiner Gegenwart, verlor sie sich in ihm. Ihre Gefühle für ihn waren genau das Gegenteil zu einer beinahe ununterbrochenen und schmerzhaften Spannung, deren Ursprung sie nicht kannte.
Im Gegensatz zu der völligen Unterwerfung unter die Sanftheit dieses unbekannten Jungen war ihre erste Begegnung mit dem Mann von Verachtung, Angst und Feindseligkeit geprägt.

Der Mann, den die Mädchen den Wächter nannten, war etwa vierzig Jahre alt, als Djuna sechzehn war. Er besaß uneingeschränkte Macht, denn er war der Liebhaber der Direktorin. Sein ausgeprägtester Wesenszug war Macht. Er war der einzige Mann im Waisenhaus, und er konnte Privilegien und Geschenke verteilen und die Erlaubnis geben, abends auszugehen.

Diese einmalige Stellung verlieh ihm ein hohes Prestige. Er war höflich und gab sich selbstbewußt. Auf eine neutrale Weise sah er gut aus. Das machte es ihm leicht, sich jeder Vorstellung anzupassen, die sich die Mädchen von ihm machten.

Er konnte als der große Mann gelten, der braunhaarige Mann, der blonde Mann. Mit etwas gutem Willen paßten auf ihn alle Beschreibungen der Zigeunerinnen und Kartenlegerinnen.

Hinzu kam die Pikanterie, daß jeder wußte, daß er der Liebhaber der allgemein verhaßten Direktorin war. Indem man seine Gunst gewann, versetzte man ihrer Autorität indirekt einen Schlag und rächte sich auf subtile Weise für ihre Strenge.

Die Mädchen glaubten, er besäße sogar größere Macht als die Direktorin; denn sie, die sich niemandem unterwarf, hatte vor seinen Vorwürfen oft den Kopf gebeugt.

Das Mädchen, das er auswählte, fühlte sich sofort mit größerer Schönheit, mit mehr Charme und größerer Macht ausgestattet als die anderen. Er wurde zum Schiedsrichter ernannt, zum Kenner, zum Preisrichter.

Von dem Wächter auserwählt zu werden, hieß in das Reich der Protektion zu gelangen. Kein Mädchen konnte dem widerstehen.

Djuna konnte seine Schritte bereits aus großer Entfernung erkennen. Ihr schien, als schritte er gleichmäßiger als jeder andere, den sie kannte. Er schritt gleichmäßig und ohne seinen Gang zu unterbrechen oder zu verändern. Unerbittlich näherte er sich durch die Gänge. Andere Menschen konnte man anhalten, man konnte ihnen ausweichen. Aber seine Schritte waren die Schritte absoluter Autorität.

Er wußte, zu welcher Zeit Djuna allein zu einem bestimmten Flur ging. Er tauchte stets neben ihr auf, nicht in einem Meter Entfernung, sondern direkt neben ihr.
Sein Blick war dabei immer auf ihre Brüste gerichtet, und zwei Dinge geschahen gleichzeitig: Er bot ihr ein Geschenk an, ohne ihr ins Gesicht zu sehen, als reiche er es ihren Brüsten, und dann flüsterte er: »Heute abend werde ich dich hinauslassen, wenn du lieb zu mir bist.«
Und Djuna dachte an den Jungen, der unter ihrem Fenster vorbeiging, und fühlte bei der Möglichkeit, ihn draußen zu treffen, mit ihm zu sprechen, ihr Herz höherschlagen. Ihr Verlangen nach dem Jungen, nach der warmen, feuchten Zärtlichkeit seiner Augen war so übermächtig, daß ihr kein Opfer zu groß erschien. Sie fühlte, daß er sie befreien würde, wenn er von dieser Szene erführe; aber sie wußte, daß es keinen anderen Weg gab, ihn zu erreichen, keinen anderen Weg, die Autorität zu besiegen, zu ihm zu gelangen, als durch diese Konzession an die Autorität.
Bei diesem Handel gab es keine Auflehnung. Die Art des Wächters zu stehen, zu fordern und zu agieren, war Teil eines Willens, den sie noch nicht einmal in Frage stellen konnte. Es war eine Fortsetzung des Willens ihres Vaters. Hier war der Mann, der etwas verlangte, und draußen war der sanfte Junge, der nichts forderte, und dem sie alles geben wollte. Sie vertraute sogar seinem Schweigen und seinem Gang. Sie vertraute ihm mit ihrem ganzen Herzen, während sie diesem Mann nicht vertraute.
Er besaß das *droit du seigneur*.
Sie legte das Armband, das ihr der Wächter geschenkt hatte, über das glanzlose Leinen ihres Kleides, und er sagte: »Djuna, je armseliger dein Kleid ist, desto schöner wirkt deine Haut.«
Jahre später, als Djuna glaubte, die Gestalt des Wächters sei bereits lange in ihrer Erinnerung verschollen, hörte sie noch immer das Echo seiner schweren Schritte und fand sich in derselben Stimmung, in der sie sich so viele Male in seiner Gegenwart befunden hatte.
Sie war kein Kind mehr, und doch hatte sie noch immer das Gefühl, daß sie von einem stärkeren Willen als ihrem

eigenen überwältigt und gefangen werden konnte. Sie würde unfähig sein, sich zu befreien, unfähig, den Forderungen des Mannes zu entfliehen.
Ihre erste Niederlage durch die Hand des Mannes, des Vaters, hatte in ihr eine solche Überzeugung der Hilflosigkeit vor Tyrannei ausgelöst, daß das Echo dieser Hilflosigkeit stark genug war, um sie noch immer die Besitzgier und Willensstärke älterer Männer fürchten zu lassen, obwohl sie wußte, daß sie in Wirklichkeit nicht länger hilflos war. Sie zogen Nutzen aus diesem Rückfall in ihre Vergangenheit. Sie konnten Djunas Willen nur deshalb unterwerfen, weil sie noch immer an die Ungleichheit der Kräfte glaubte.
Der Prozeß des Erwachsenwerdens schien nicht auf einmal abgeschlossen zu sein, sondern vollzog sich schrittweise, wie die Aufeinanderfolge wasserdichter Kammern in einem Schiff. Ein Teil ihres Wesens reifte, wie etwa Einsicht oder Verständnis, aber ein anderer Teil bewahrte die Überzeugung der Kindheit, daß der Mann, die Autorität und das Geschehen stärker waren als die eigene Fähigkeit, mit ihnen fertig zu werden, und daß man dazu verurteilt war, ein Opfer der eigenen Verhaltensmuster zu werden.
Erst viel später entdeckte Djuna, daß dieser Glaube an die große Macht der anderen zum Schicksal werden konnte und Niederlagen verursachte.
Aber jahrelang fühlte sie sich verwundet und von den Männern besiegt, die Macht besaßen. Sie wartete auf den Jungen, den Sanften, dem sie vertraute. Sie erwartete, er würde kommen und sie aus der Tyrannei befreien.
Seit Lillians Konzert, an dem Tag, an dem sie den Garten durch das Fenster gesehen hatte, wünschte sich Djuna einen solchen Garten.
Und jetzt besaß sie einen Garten und ein sehr altes Haus am Stadtrand von Paris, zwischen Stadt und Park.
Aber es genügte nicht, es zu besitzen, darin umherzugehen, darin zu sitzen, man mußte auch darin leben können.
Und sie entdeckte, daß sie nicht darin leben konnte.

Das innere Fieber und die Ruhelosigkeit fraßen an ihrem Leben im Garten.
Wenn sie bequem im Liegestuhl lag, fühlte sich sich nicht wohl.
Das Gras wirkte wie ein Teppich, der auf die Schritte wartet, die ihn zertreten würden.
Das Wachstum der Pflanzen war zu langsam, und das Fallen der Blätter war zu ruhig.
Glück bedeutete: kein Fieber. Der Garten war fieberfrei und ohne Spannung. Er konnte ihren Spannungen nichts entgegensetzen. Sie konnte mit den Pflanzen, mit der Stille und dem Frieden nicht zu einer Einheit werden oder sich mit ihnen verständigen. Der Garten stand im Gegensatz zu ihrem inneren Rhythmus. Nicht ein Pulsschlag im Garten stimmte mit ihrem Pulsschlag überein, der eher einer Trommel glich, die fieberhaft die Zeit trommelt.
In ihr warteten die Blätter nicht auf den Herbst, um zu fallen, sie wurden durch unerwartetes Leid zu früh abgerissen.
In ihr warteten die Blätter nicht auf den Frühling, um zu wachsen, sie entfalteten sich in plötzlichen und heftigen Ausbrüchen von Gewächshauspflanzen.
In ihr tobten Stürme, die im Gegensatz zu der trägen Atmosphäre des Gartens standen.
In ihr ereigneten sich Verwüstungen, für die es in der Natur keine Entsprechung gab.
Frieden, sagte der Garten, Frieden.
Die Tage begannen mit dem Geräusch von Kies, der unter den Autoreifen knirschte.
Die Fensterläden wurden von der französischen Zofe geöffnet, und der Tag wurde eingelassen.
Beim ersten Knirschen des Kieses unter den Rädern bellte der Schäferhund, und das Glockenspiel des Kirchturms ertönte.
Die Autos fuhren durch ein riesiges, grünes Gartentor, das von dem Dienstboten würdevoll geöffnet wurde.
Wer zu Fuß kam, ging durch das kleine, grüne Tor, das wie ein Kind des anderen wirkte und halb von Efeu überwachsen war. Der Efeu überkletterte das Vatertor nicht.

Wenn Djuna durch ihr Fenster auf das große Tor blickte, bekam es für sie den Anflug eines Gefängnistores. Es war ein ungerechtfertigtes Gefühl, da sie wußte, daß sie das Haus jederzeit verlassen konnte. Und sie wußte besser als andere, daß die Menschen einen Gegenstand oder eine Person gern mit der Verantwortung beladen, Hindernis für sie zu sein, wenn das Hindernis in ihnen selbst ruht.
Trotz dieses Wissens stand sie oft am Fenster und blickte lange auf das große geschlossene Eisentor, als hoffte sie, durch das Betrachten ihre inneren Widerstände zu erkennen, die einem erfüllten, freien Leben entgegenstanden.
Sie verspottete seine Bedeutung.
Das riesige Tor hatte ein anmaßendes Quietschen! Seine rostige Stimme war voll dissonanter Affektiertheit.
Kein Öl konnte seinen Rheumatismus lindern. Es empfand einen historischen Stolz auf den eigenen Rost, denn es war hundert Jahre alt.
Aber das kleine Tor, dessen überhängendes Efeu wie das zerzauste, über die Stirn fallende Haar eines rennenden Kindes wirkte, hatte etwas Schläfriges und Verstohlenes an sich. Es schien immer halb offen zu stehen und nie richtig abgeschlossen zu sein.
Djuna hatte sich aus vielen Gründen für das Haus entschieden. Es schien wie ein Baum aus der Erde gewachsen zu sein, so sehr war es mit dem alten Garten verwachsen. Es besaß keinen Keller, und die Zimmer lagen direkt über der Erde. Djuna glaubte, die Erde unter den Teppichen zu spüren. Hier konnte man Wurzeln schlagen, sich eins fühlen mit dem Haus und dem Garten, sich daraus nähren wie die Pflanzen.
Sie hatte es auch gewählt, weil in seiner symmetrischen Fassade, die hinter einem von Efeu überwucherten Spalier die Gesichter von zwölf Fenstern zeigte, die Läden eines Fensters geschlossen waren und dahinter kein Fenster lag. Bei einem Umbau des Hauses war das Fenster zugemauert worden.
Dieses Fenster, das in kein Zimmer wies, hatte Djuna veranlaßt, sich für das Haus zu entscheiden. Es war der Gedanke an dieses Zimmer, das man nicht betreten konnte,

der sie faszinierte. Sie hoffte, eines Tages würde sie den Eingang entdecken.
Vor dem Haus gab es ein Planschbecken, das mit Erde gefüllt, und eine Quelle, die verstopft war. Djuna begann, das Becken wieder freizulegen. Man grub einen alten Springbrunnen aus und öffnete die Quelle. Erst dann schien das Haus für sie lebendig zu werden. Der Lebensfluß war wieder in Gang gekommen.
Der Springbrunnen plätscherte fröhlich, und der Brunnen war tief.
Die vordere Hälfte des Gartens war gepflegt und symmetrisch angelegt wie die meisten französischen Gärten. Aber ein früherer Besitzer hatte zugelassen, daß der hintere Teil wild wucherte und zu einem kleinen Dschungel wurde. Der Wasserlauf war unter den überhängenden Pflanzen beinahe verborgen, und die kleine Brücke wirkte wie die japanische Brücke eines Miniaturgartens.
Dort stand ein riesiger Baum, dessen Namen sie nicht kannte, und den sie wegen seiner schwarzen und giftigen Beeren Tintenbaum nannte.
In einer Sommernacht stand sie im Hof. Alle Fenster des Hauses waren erleuchtet.
Da sah sie das Bild des Hauses, dessen Fenster alle erleuchtet waren – alle, bis auf eines – als das Bild des Ich, des Menschen, der in vielen Zellen unterteilt ist. Szenen ereigneten sich in einem Zimmer, dann in einem anderen. Es war die Replik der Erfahrung, die erst von einem Teil des Menschen gemacht wurde und dann von einem anderen.
Der Raum des Herzens in chinesischem Lackrot; der Raum des Geistes in blassem Grün oder dem Braun der Philosophie; der Raum des Körpers in Muschelrosa; das Dachgeschoß der Erinnerung mit Schränken, gefüllt vom mürben Duft der Vergangenheit.
In dieser Sommernacht sah sie das ganze Haus in Flammen, und es war wie jene Augenblicke großer Leidenschaft und intensivster Erfahrung, in denen jede Zelle des Ich gleichzeitig aufflammte. Ein Traum des Erfülltseins,

und sie hungerte nach dem, was jeden Raum des Hauses und jeden Raum in ihr gleichzeitig entflammen würde!
In ihr gab es ein Fenster, dessen Läden verschlossen waren.
Sie konnte in dem alten und schönen Haus nicht tief schlafen.
Sie war beunruhigt.
Sie konnte in der Dunkelheit Stimmen hören, und es ist wahr, daß man an Tagen deutlichen Hörens Stimmen vernimmt, die aus dem Innern kommen, in vielen verschiedenen Sprachen sprechen und sich widersprechen. Sie kommen aus der Vergangenheit, aus der Gegenwart. Es sind die Stimmen des Bewußtseins – und sie stehen in einem Dialog mit dem Ich, der jeden Schritt des Lebens aufzeichnet.
Es gab die Stimme des Kindes in ihr, nie begraben, das vor langer Zeit darauf bestanden hatte: Ich will nur das Wunderbare.
Es gab die leise und einfache Stimme des Menschen Djuna, die sagte: Ich will Liebe.
Es gab die Stimme der Künstlerin Djuna, die sagte: Ich werde das Wunderbare erschaffen.
Weshalb sollten solche Wünsche miteinander in Konflikt geraten oder sich gegenseitig auslöschen?
Am Morgen saß der Mensch Djuna auf dem Teppich vor dem Kamin, stopfte Strümpfe und legte sie zusammengefaltet in kleine Kästchen, wobei sie das eine unversehrte und ungestopfte Paar für einen außergewöhnlichen Tag ihres Lebens aufbewahrte, und gleichzeitig verteilte sie Ereignisse in verschiedenen kleine Kästchen in ihrem Kopf. Sie unterteilte (darin bestand eines ihrer großen Geheimnisse, sich gegen das zersetzende Leid zu wehren), verteilte und stellte unter die Überschrift eines Wortes ein ständig fließendes, bewegliches und vielgestaltiges Universum, dessen zahllose Aspekte wie Treibsand waren.
Dieses übertriebene Gefühl beispielsweise, sich auf eine große Liebe vorzubereiten, die kommen würde, wie das Entfalten von Baldachinen, das Entrollen der Zeremonienteppiche, der Glaube an den Zustand der Gnade, an

eine Vollkommenheit, die für das Eintreffen der Liebe unerläßlich war.
Als müsse sie zuerst eine wunderbare Welt erschaffen, um die Liebe dort zu beherbergen. Und sie dachte, es sei nur angemessen, daß sie diesen Ehrengast empfangen würde.
War das nicht alles zu märchenhaft, fragte protestierend eine spöttische Stimme, solche aufwendigen Empfänge, solche Verkleidungen, als sei die Liebe ein anspruchsvoller Gast?
Sie war wie eine ewige Braut, die eine Aussteuer vorbereitet. Wie andere Frauen nähen, sticken oder sich die Haare wellen, schmückte sie die Städte ihres Inneren, bemalte, schmückte, bereitete eine große *mise en scène* für eine große Liebe vor.
In dieser Atmosphäre der Vorbereitung durchschritt sie das Königreich des Hauses. Sie bemalte hier eine Wand, an der sich Feuchtigkeit zeigte; sie hängte eine Lampe dorthin, wo sie Schatten wie in einem balinesischen Theater werfen würde; sie schmückte ein Bett; sie legte Holz in die Kamine und polierte die stumpfen Oberflächen der Möbel, damit sie glänzten. Jeder Raum erhielt einen unterschiedlichen Ton wie die verschiedenen Pfeifen einer Orgel, damit sie eine breite Skala der Stimmungen verströmten: Lackrot für die Leidenschaft, Grau für das Vertrauen, ein ganzes Haus der Stimmungen mit vielen Türen, Fluren und verschiedenen Ebenen.
Sie war nicht eher zufriedengestellt, bis es ein Leuchten verströmte, das nicht nur dem Leuchten holländischer Interieurs auf holländischen Bildern glich, ein Leuchten der Makellosigkeit, sondern ein Glanz, der Jay veranlaßt hatte, vom Goldstaub auf florentinischen Gemälden zu sprechen.
Djuna stand still, stumm und fühlte: Mein Haus wird für mich sprechen. Mein Haus wird ihnen sagen, daß ich warm und reich bin. Das Haus wird ihnen sagen, daß diese Räume in mir liegen, die Räume aus Fleisch und chinesischem Lack und in Meergrün, um hindurchzugehen. In mir brennen Kerzen und Feuer. Es gibt Schatten, Räume,

geöffnete Türen, Zufluchtsplätze und Luftströme. In mir liegen Farbe und Wärme.
Das Haus wird für mich sprechen.
Menschen kamen und unterwarfen sich ihrem Zauber. Aber wie jeder Zauber war er wunderbar und entrückt. Nicht warm und nah. Kein Mensch, dachten sie bei sich, kein Mensch schuf dieses Haus. Kein Mensch lebt hier. Es war zu zerbrechlich und zu fremd. An ihren Händen haftete kein Staub. Sie hatte keine spröden Fingernägel. Man sah kein Zeichen der Abnutzung.
Es war das Haus des Mythos.
Es war das Ritual, das sie spürten, schmeckten und rochen. Es war zu verschieden von dem Geschmack und den Gerüchen ihrer eigenen Häuser. Es führte sie aus der Gegenwart heraus. Sie fühlten sich wie Gäste auf Zeit. Keine vertraute Umgebung, kein Hinweis, der sagte, dies ist auch dein Zuhause.
Sie alle fühlten, daß sie es verlassen würden, daß sie nicht bleiben konnten. Sie waren Touristen, die ferne Länder besuchten. Es war eine Reise und kein Haus.
Selbst im Badezimmer standen keine Medizinflaschen in den Regalen, die verkündeten: Natriumkarbonat, Rizinusöl, Cold Cream. Sie hatte sie alle in geheimnisvolle Flaschen umgefüllt, und das einfachste Hausmittel nahm das Flair eines Zaubertranks an.
Dies war ein Traum, und sie war nur der Zeremonienmeister im Traum.
Niemand kam ihr nahe genug.
Es gibt Häuser und Kleider, die mit Sicherheit Isolation bewirken, wie die Tunnel, die von weiblichen Frettchen gegraben werden, um sich den Verfolgungen der Männchen zu entziehen.
Es gibt Räume und Kleider, die dazu geschaffen zu sein scheinen zu verlocken, die aber in Wirklichkeit wirksame Mittel sind, um Distanz zu schaffen.
Djuna war sich noch nicht klar über ihre wahren Wünsche und darüber, wie nahe sie die anderen an sich herankommen lassen wollte. Scheinbar rief sie nach ihnen, aber gleichzeitig empfand sie große Zweifel und Angst davor,

daß sie zu nahe kommen, eindringen, sie beherrschen oder besitzen könnten. Sie bezauberte sie auf solche Weise, daß der Mensch in ihr, das warme und einfache menschliche Wesen vor jeder Invasion sicher war. Sie errichtete ein subtiles Hindernis gegen eine Invasion, aber gleichzeitig baute sie eine verheißungsvolle Szenerie auf.

Keiner kam ihr nahe genug. Nachdem sie gegangen waren, saß sie allein und verlassen da, so einsam, als sei niemand dagewesen.

Sie war so allein, wie jeder Mensch an jedem Morgen nach einem Traum allein ist.

Was war es, das im Inneren ihrer Verkleidung und ihres Hauses weinte, etwas, das kleiner und einfacher war, als das Gebilde der Zauberworte.

Sie wußte nicht, weshalb sie hungrig blieb.

Der Traum wurde geträumt. Alles hatte zu seiner Perfektion beigetragen, selbst ihr Schweigen, denn sie sprach nicht, wenn sie nichts Bedeutungsvolles zu sagen hatte (wie das Schweigen in Träumen zwischen schicksalhaften Ereignissen und schicksalhaften Worten. In Träumen wird niemals ein triviales Wort gesprochen!).

Am nächsten Tag begann sie unbewußt von neuem.

Sie füllte Medikamente aus häßlichen Flaschen in geheimnisvolle Flaschen, schuf kleine Geheimnisse und kleine Verwandlungen.

Schlaflosigkeit. Die Nächte waren lang.

Wer würde kommen und sagen: »Das ist *mein* Traum.«

Wer würde kommen und den Faden aufnehmen und alle Antworten geben?

Oder werden alle Träume allein geträumt?

Eingehüllt in die fiebernden Laken der Schlaflosigkeit lag ein Mensch, der vom Traum betrogen wurde.

Schlaflosigkeit stellt sich ein, wenn man auf etwas warten muß, wenn man zum Beispiel auf einen wichtigen Besucher wartet.

Djuna empfand, daß jeder die leichtfüßige Tänzerin sah, aber niemand bemerkte den Moment, in dem sie schwankte und fiel. Niemand kümmerte sich um sie oder

teilte ihre Schwierigkeiten, die rein äußerlichen Schwierigkeiten von lieben, tanzen und glauben.
Wenn sie fiel, fiel sie allein, wie sie in ihrer Jugend alleine gefallen war.
Sie erinnerte sich, diese Empfindung als Mädchen gehabt zu haben, daß ihre Jugend von den Schwankungen von Schwäche und Stärke beherrscht wurde. Sie erinnerte sich auch daran, daß diese schnellen Rückfälle in den Zustand ihrer Jugend immer dann auftraten, wenn sie sich in zu große Probleme verstrickte. Wenn in der weiten Welt des Erwachsenseins ein Hindernis bedrohlich groß erschien, dann flüchtete sie wieder in den Körper eines jungen Mädchen, für das die Welt ein grausamer und gefährlicher Ort zu sein schien, der sie zwang zurückzuweichen, und wenn sie nachgab, fiel sie und wurde wieder klein.
Sie kehrte zurück zu den jugendlichen Einöden des Mißtrauens in die Liebe.
Wenn sie durch den Schnee ging und ihren Muff wie einen wirkungslosen Zauberstab trug, der nicht mehr die Kraft besaß, ihr die notwendige Persönlichkeit zu verschaffen, dann glaubte sie, durch eine Wüste aus Schnee zu gehen.
Ihr Körper eingehüllt in Pelze, ihr Herz abgetönt wie ihre Schritte, und der Schmerz des Lebens umhüllt wie von tiefen, weichen Teppichen, zog sie am Faden der Ariadne, der überall hinführte, nach rechts und nach links wie verstreute Fußspuren. In ihrer Erinnerung begann sie an diesem Faden zu ziehen (Seide für die Tage des Wunderbaren und Leinen für das Brot des täglichen Lebens, das immer etwas trocken war), wie man an einer Spule zieht, und sie hörte die leere hölzerne Spule auf den Boden verschiedener Häuser fallen.
Der Faden, den sie hielt, aus Seide oder Leinen, schnitt in ihre Finger, die vom vielen Abspulen bluteten. Oder führte der Faden der Ariadne in eine Wunde?
Der Faden glitt jetzt durch ihre Finger.
Blut klebte daran, der Schnee war nicht mehr weiß. Zuviel Schnee an der Spule, die sie aus den enggewundenen

Erinnerungen abspulte. Das Abspulen von Schnee, der dick und hart an dem Saum ihrer Jugend lag, denn das Begehren der Männer fand den Zauberpfad nicht, der ihr Wesen geöffnet hätte.

Die einzigen Worte, die ihr Wesen öffneten, waren die versunkenen Worte der Dichter, die so selten von Menschen gestammelt werden. Nur diese Worte drangen in sie ein, ohne die zahlreichen Wächter aufzuwecken, die die Tore bewachten. Sie trugen Panzer wie silberne Stachelschweine und waren mit Mißtrauen bewaffnet. Sie versperrten den Weg zu den geheimen Tiefen ihrer Gedanken und Gefühle.

Vor den meisten Menschen, den meisten Orten, den meisten Situationen, den meisten Worten verschloß sich Djunas Wesen im Alter von sechzehn Jahren hermetisch in Stummheit. Die Torhüter richteten ihre Stacheln auf: Jemand nähert sich! Und alle Zugänge zu ihrem inneren Ich schlossen sich.

Heute, als erwachsene Frau, konnte sie erkennen, daß diese Torhüter sich nicht damit zufrieden gegeben hatten, sie zu verteidigen. Sie hatten eine uneinnehmbare Festung unter dieser Maske freundlicher Schüchternheit geschaffen; eine Festung mit getarnten Öffnungen, hinter denen sich Waffen verbargen, die von der Angst geschaffen worden waren.

Der Schnee türmte sich Nacht für Nacht um den Saum ihres jungen Körpers.

Blaue, knisternde, verschneite Jugend.

Die jungen Männer, die damals versuchten, sich ihr zu nähern, angezogen von ihren freundlichen Augen, waren überrascht, auf so harten Widerstand zu treffen.

Das war keine kokette Flucht, die zur Verfolgung einlud, es war eine Festung aus Schnee (für den eingeschneiten Traumschlucker zu Eis erstarrter Jahrmärkte), eine unschmelzbare Festung aus Furcht.

Doch jedesmal, wenn sie eingehüllt und geschützt durch die Kälte ging, war sie sich zweier junger Frauen bewußt, die durch die Kälte gingen: die eine beabsichtigte, Falltüren zum Flüchten zu schaffen, die andere wünschte sich, jemand möge den Eingang finden, damit sie nicht so alleine sei.

Michaels Kommen schien sie nicht gehört zu haben, so sanft waren seine Schritte, seine Worte. Er hatte weder den Gang noch die Worte des Jägers, des Kriegers, nicht das unbeirrbare Herannahen älterer Männer, nicht den beherrschenden Gang des Vaters, nicht den vertrauten Gang des Bruders. Sein Gang unterschied sich vom Gang aller anderen Männer, die sie kannte.

Nur ein Jahr älter als sie, schritt er in ihr blaues und weißes Reich, und sein Schritt war so leicht, daß ihn die Torhüter nicht hörten!

Er betrat den Raum mit dem Schritt der Verletzlichkeit. Mit sanften Schritten, als ginge er auf einem kostbaren Teppich. Er zertrat nicht das Moos. Der Kies klagte nicht unter seinen Schritten. Keine Pflanze beugte ihren Kopf oder brach.

Es war ein Gang wie ein Tanz. Und die Sanftheit der Schritte trug ihn in einem empfindsamen Menuett durch Luft, Raum und Schweigen, trug ihn im Einklang mit der Stimmung seines Gefährten, und seine blattgrünen Augen paßten sich jedem Rhythmus an. Sie achteten auf Harmonie und fürchteten Mißklänge. Sie waren mit übergroßer Aufmerksamkeit um die Absichten des anderen besorgt.

Der Weg, den seine empfindsamen Schritte gingen, seine samtenen Worte, hatten ihn auf wunderbare Weise durch die Stacheln ihres Mißtrauens hindurchgeführt, und noch ehe sie sein Kommen richtig bemerkte, war er bereits in das blaue und weiße Reich eingetreten.

Die Nebel ihrer Jugend wurden von seinem Eintreten nicht zerrissen, noch nicht einmal in Bewegung versetzt.

Er kam mit Gedichten, voll Anbetung, mit Blumen, die nicht vom Blumenhändler stammten, sondern die er im Wald in der Nähe seiner Schule gepflückt hatte.

Er kam nicht, um zu rauben, zu besitzen, zu überwältigen. Mit großer Zärtlichkeit näherte er sich den gastfreundlichen Regionen ihres Wesens, den friedlichen Feldern ihrer inneren Landschaft, wo weiße Blüten sich vor einem grünen Hintergrund erhoben wie auf den Gemälden des Frühlings von Botticelli.

Bei seinem Eintreten blieb ihr Kopf leicht nach rechts geneigt, wie sie ihn neigte, wenn sie allein war, von leichter Schwermut herabgezogen, während sie bei anderen Gelegenheiten beim leisesten Versuch der Annäherung eines Fremden ihren Kopf gespannt in Erwartung der Gefahr aufrichtete.

Und so betrat er die blütenreichen Regionen, die hinter den Mauern der Festung lagen, nachdem er ohne Schwierigkeiten die Verteidigungsgräben der Höflichkeit überschritten hatte.

Sein blondes Haar verlieh ihm die Goldtöne, die das Symbol vieler sagenhafter Gestalten sind.

Djuna wußte nie, ob dieses Sonnenlicht, das er verströmte, aus seinem eigenen Wesen geboren wurde, oder ob es durch ihre Vorstellung von ihm auf ihn geworfen wurde, so wie sie später das Verschwinden dieses Lichts bei denen beobachtet hatte, die sie nicht mehr liebte. Sie wußte nie, ob zwei Menschen durch Gefühle miteinander verbunden werden, die wie Echos des anderen ein Leuchten verströmen, diese chemischen Funken der Vereinigung, oder ob sie sich gegenseitig beleuchten mit dem Scheinwerfer der inneren Vorstellung des Geliebten.

Vergänglich oder dauerhaft, innerlich oder äußerlich, menschlich oder magisch, dieses Licht fiel jetzt auf beide. In dem klar umgrenzten Kreis konnten sie nur sich sehen. Das Licht blendete sie und trennte sie von der Welt.

Durch den Kokon ihrer Scheu war ihre Stimme kaum hörbar gewesen, aber er hörte jede Schattierung. Er vermochte, ihren Nuancen zu folgen, selbst wenn sie sich in die entfernteste Sackgasse im Labyrinth des Ohrs zurückzog.

Verschwiegen und schweigsam der Welt gegenüber, wurde sie mutig und stark, nachdem sie einmal im innersten Kegel des Lichtes stand.

Dieses Licht, das zwei umschloß, war ihr vertraut und selbstverständlich.
Was sie zusammen tanzten, war wegen ihrer Jugend, und weil sie sich noch immer am Rand ihres eigenen Verlangens bewegten, kein Tanz, in dem einer vom anderen Besitz ergriff, sondern eine Art Menuett, mit dem Ziel, *nicht* Besitz zu ergreifen, *nicht* festzuhalten, *nicht* zu berühren, sondern zwischen den beiden Tanzenden größtmöglichen Raum und Entfernung zu lassen, sich im Einklang zu bewegen, ohne Zusammenstöße, ohne Verschmelzungen, sich zu umkreisen, sich in Verehrung zu verbeugen, über dieselben Albernheiten zu lachen, ihre eigenen Bewegungen zu verspotten, einen Zwillingsschatten an die Wand zu werfen, der nie zu einem Schatten werden wird. Diese Gefahr zu umtanzen, die Gefahr eins zu werden! Zu tanzen, um jeden auf seinem Weg zu halten. Parallelität zu gestatten, aber nicht Verlust des Ich im anderen. Mit der Ehe zu spielen, Schritt für Schritt dasselbe Buch zusammen zu lesen, sich auszuweichen, einen Tanz am Rand der Begierde zu tanzen, in den Zirkeln helleren Leuchtens zu bleiben, ohne den Kern zu berühren, der den Zirkel in Flammen setzen würde. Ein kunstvoller Tanz des Nichtbesitzens.
Sie hatten sich auf einer Party kennengelernt, und beiden prägte sich das erste Bild des anderen für immer ein: Er erschien ihr groß, ungezwungen, und sein Lachen klang natürlich und frei. Ihr entging nichts: die elfenbeinfarbene Haut, das metallisch golden glänzende Haar, der sehr schlanke Körper, der in seinen ausgewogenen Proportionen für Wettrennen, Laufen und Springen geschaffen zu sein schien. Mit seinen zarten Fingern berührte er die Dinge, als sei die ganze Welt zerbrechlich. In seiner Stimme lagen zärtliche Modulationen ohne die geringste Spur von Bosheit oder Spott. Die Lider waren schnell bereit, die Augen zu verschließen, wenn die Menschen um ihn herum gefühllos miteinander sprachen.
Er nahm ihre dunklen, langen, schwingenden Haare in sich auf; ihre blauen Augen, die niemals verweilten; die blauen Augen, leicht schräg geschnitten, und auch sie bereit, sich jederzeit hinter ihren Vorhängen zu verbergen.

Und auch schnell bereit zu lachen, aber noch öfter durstig alles in sich aufnehmend wie ein Spiegel. Sie gestattete der Pupille, die Bilder anderer Menschen eindringen zu lassen. Aber man spürte, daß sie nicht wie in einem Spiegel verschwanden. Hier war ein durstiges Wesen, das Spiegelungen in sich aufnahm, Worte und Gesichter in sich einsog, um mit ihnen eine tiefe Verbindung einzugehen.
Sie bediente sich nie der Kunst der Worte, der Kunst des Gesprächs. Sie blieb immer so, wie Michael sie zum ersten Mal gesehen hatte: eine Frau, die mit ihrem Najadenhaar sprach, mit den Flügeln ihrer Augenwimpern, ihrem geneigten Kopf, mit ihrer grazilen Taille und ihren beredten Füßen.
Sie sagte niemals: Ich habe Schmerzen.
Statt dessen legte sie ihre beiden Arme über die schmerzende Stelle, als wolle sie ein widerspenstiges Kind beruhigen, als wolle sie den aufgebrachten Nerv wiegen und schaukeln. Sie sagte niemals: Ich fürchte mich. Aber sie betrat den Raum auf Zehenspitzen, und ihre Augen suchten den Hinterhalt.
Sie war bereits die Tänzerin, die sie werden sollte. Sie sprach durch ihren Körper.
Sie trafen sich einmal, und Michael begann, ihr Briefe zu schreiben, sobald er ins College zurückgekehrt war.
In diesen Briefen nannte er sie Isis und Arethusa, Isolde, und er sah sie als die sieben Musen. Djuna wurde zu der Frau mit dem Gesicht aller Frauen.
Aber es bestand ein wesentlicher Unterschied: Er war weder Osiris noch Tristan, noch war er irgendein anderer der Gefährten oder Jäger.
Es beunruhigte ihn, wenn sie versuchte, *ihn* in das Gewand einer mythischen Figur zu kleiden.
Als er sie während der Ferien besuchte, berührten sie sich nicht ein einziges Mal, nicht einmal mit einem Händedruck. Es schien, als hätten sie eine höchst komplizierte Art gefunden, miteinander in Verbindung zu treten. Sie lebten in historischen Gestalten, literarischen Leidenschaften, und jede direkte Berührung, selbst die Berührung der Fingerspitzen, konnte diese Welt zerstören.

Mit jeder Symbolisierung vergrößerten sie die Distanz zwischen ihren menschlichen Ichs.
Djuna war nicht alarmiert. Sie sah diese Entwicklung mit weiblichen Augen: Michael erschuf diese Welt und baute damit lediglich ein riesiges, ungewöhnliches, schönes Nest in einem mythologischen Baum, und eines Tages würde er sie auffordern, sich mit ihm darin niederzulassen. Er würde sie in den Gewändern seiner Phantasie über die Schwelle tragen und sagen, dies ist unser Haus!
Für Djuna war dies alles eine unendlich edlere Art, um sie zu werben. Sie zweifelte niemals an der eigentlichen Absicht oder dem Höhepunkt, denn darin sind auch die subtilsten Frauen sehr einfach und betrachten Mythologie und Symbolismus nicht als Ersatz für die naturgewollten Höhepunkte, sondern als zusätzlichen Schmuck.
Die Nebelschleier der Jugend verlängerten und vertieften das Werben. Sie bedeuteten lediglich eine aufwendigere Art der Werbung. Seine Phantasie erschuf immer neue, endlose Umwege, als müßten sie erst alle Liebesbeziehungen der Geschichte und der Literatur durchleben, bevor sie sich ihrer eigenen zuwenden konnten.
Aber der Frieden in seinen moosgrünen Augen beunruhigte sie, denn in ihren Augen glühte jetzt ein Fieber. Ihre Brüste schmerzten in der Nacht, als wollten sie überfließen.
Seine Augen richteten sich noch immer auf die entferntesten Dinge, aber ihre Augen begannen, sich auf das Nahe, Gegenwärtige zu konzentrieren. Sie verweilte auf jedem Detail seines Gesichts – auf seinen Ohren, auf den Bewegungen seiner Lippen, wenn er sprach. Ihr entgingen Worte, denn sie folgte mit ihren Augen und Gefühlen den Konturen seiner Lippen, die sich bewegten, als bewegten sie sich auf ihrer Haut.
Sie begann zum ersten Mal, die Nelke in Carmens Mund zu verstehen. Carmen aß die symbolische Blume der Liebe: Die weißen Blüten, die sie biß, waren wie Haut. Ihre Lippen umschlossen die Blütenblätter der Begierde.
In Djuna waren alle Mauern überrannt: Sie stand Michael

gefährlich nahe und glühte in ihrem eigenen natürlichen Feuer. Tage der Klarsicht, die Michael nicht teilte. Sein Kompaß zeigte noch immer auf das Entfernte, das Unbekannte.
Djuna war eine Frau, von der man nur träumte.
Aber Djuna hatte aufgehört zu träumen; sie hatte die Blume der Begierde gekostet.
Aber für Djuna mit ihren schmerzenden Brüsten, ihrer Erregung und ihrer Leidenschaft war noch verwirrender, daß die moosgrüne Gelassenheit in Michaels Augen sich in Eifersucht verwandelte, ohne das Verlangen gekannt zu haben.
Er ging mit ihr tanzen. Seine Freunde umschwärmten sie. Durch den Raum tanzender Paare sah er zum ersten Mal nicht ihre Augen, sondern ihren Mund, so lebendig, wie sie seinen Mund gesehen hatte. Ihr Mund war sehr deutlich und sehr nahe, und er spürte den Geschmack auf seinen Lippen.
Während sie sich in den Armen junger Männer tanzend von ihm entfernte, ermaß er zum ersten Mal den großen Raum, den sie durchschwommen hatten, maß ihn genau, wie andere die Entfernung zwischen den Planeten messen.
Die Zahl der Meilen, die er zwischen sich und Djuna gelegt hatte. Nur der Leuchtturm der Augen konnte solche Unermeßlichkeit durchqueren!
Und jetzt, nach so vielen kunstvollen Spielen im Raum, nachdem er so viele Gestalten zwischen sich und sie gestellt hatte, das weiße Gesicht von Isolde, das glühende Gesicht von Catherine, alle, die er als kunstvolle Verfeinerung seines Genusses an Djuna gesehen hatte, erschienen sie ihm plötzlich nicht mehr als Ausschmückungen, sondern als Hindernisse, die es ihm unmöglich machten, sie zu besitzen.
Jetzt war sie für ihn verloren. Sie wurde von anderen jungen Männern hinweggetragen, drehte sich mit ihnen im Kreis. Sie hatten ihre Taille umfaßt, wie er es nie getan hatte, hielten sie in den Armen, lenkten sie zu den Bewegungen des Tanzes, und sie antwortete, reagierte. Sie waren im Tanz vereint.

Als sie an ihm vorbeischwebte, rief er streng und vorwurfsvoll ihren Namen, und Djuna bemerkte, daß die Eifersucht das Grün seiner Augen in Violett verwandelt hatte.
»Djuna! Ich bringe dich nach Hause.«
Zum ersten Mal zeigte er seinen Willen, und das gefiel ihr.
»Djuna!«, er rief noch einmal wütend, und seine Augen verdunkelten sich vor Zorn.
Sie mußte den Tanz abbrechen. Sie ging besänftigend auf ihn zu und dachte: »Er will mich für sich allein.« Sie war glücklich, sich ihm zu unterwerfen.
Er war nur wenig größer als sie, aber er hielt sich sehr aufrecht und gebieterisch. Auf dem Weg nach Hause schwieg er.
Das Bild ihres Mundes war wieder verschwunden. Seine Reise zu ihrem Mund war in dem Augenblick beendet, als sie in Wirklichkeit seinem eigenen Mund nahe kam. Es war, als wagte er sich eine mögliche Vereinigung nur vorzustellen, solange das Hindernis unüberwindbar schien. Sobald es aber beseitigt war und sie an seinem Arm neben ihm ging, konnte er sich mit ihr nur durch seine Augen verständigen. Und die Entfernung war wiederhergestellt.
Er verließ sie ohne ein Zeichen der Zärtlichkeit an der Tür, und nur die letzten violetten Schatten der Eifersucht lagen vorwurfsvoll in seinen Augen. Das war alles.
Djuna schluchzte die ganze Nacht über das Rätsel seiner Eifersucht, seines Ärgers, seiner Ferne.
Sie würde ihn nicht fragen. Er vertraute ihr nichts an. Sie schlossen alle Möglichkeiten der gegenseitigen Verständigung aus. Er erzählte ihr nicht, daß er bei diesem Tanz eine Zwischenwelt entdeckt hatte, in der alle Frauengestalten fehlten. Eine Welt junger Männer, die wie er selbst auf der Flucht vor der Frau waren, vor Mutter, Schwester, Ehefrau oder Geliebter.
In ihrer Unwissenheit und Unschuld hätte sie auch mit größtem Einfühlungsvermögen nicht erkennen können, wo Michael auf seiner Flucht vor ihr sein Verlangen zeigte.

In ihrer jugendlichen Blindheit verwundeten sie sich gegenseitig. Er entschuldigte seine Kälte ihr gegenüber: »Du bist zu schlank. Ich bevorzuge rundliche Frauen.« Oder: »Du bist zu intelligent. Ich fühle mich in Gesellschaft dummer Frauen wohler.« Bei einer anderen Gelegenheit sagte er: »Du bist zu impulsiv, und das erschreckt mich.«

Unschuldig wie sie war, nahm sie die Vorwürfe bereitwillig hin.

Es kam zu merkwürdigen Szenen zwischen ihnen. Sie unterdrückte ihre Intelligenz, um ihm zu gefallen. Aber es war ein Spiel, und beide wußten es. Djunas Gefühlsausbrüche durchbrachen die vorgetäuschte Ruhe.

Sie schluckte unzählige Tabletten, um dick zu werden, aber sie nahm höchstens ein oder zwei Pfund zu. Als sie ihn stolz fragte, ob er ihre Fortschritte bemerkte, wendete er seine Augen ab.

Eines Tages sagte er: »Ich habe das Gefühl, dein intelligenter Kopf beobachtet mich, und du würdest auf mich herabsehen, wenn ich versage.«

»Versagen?«

Sie konnte nicht verstehen.

Die Zeit, ihre Ehe mit einem anderen Mann und ihr Tanzen, das sie in viele Länder führte, ließen Michaels Bild verblassen.

Aber immer wieder nahm sie zu anderen Michaels in der Welt Beziehungen auf. Ein Teil ihres Wesens erkannte immer wieder dieselbe Sanftheit, dieselbe Unbestimmbarkeit, dasselbe Geheimnis.

Michael erschien in verschiedenen Körpern und mit anderem Aussehen. Jedesmal kam sie ihm entgegen und entdeckte ein wenig mehr, bis schließlich das gesamte Geheimnis offen vor ihr lag.

Aber es kam jedesmal zu demselben kleinen Tanz. Ein kurzer Tanz der Überheblichkeit, ein Tanz, der der Frau zu erkennen gab: »Ich tanze allein. Ich werde nicht von einer Frau in Besitz genommen.«

Die Tanztradition hat der Frau die Rolle zugewiesen, in einem Ritual Leidenschaft zu erwecken. Aber dieser Tanz, den die jungen Männer vor den Frauen aufführen, läßt die Frau verständnislos, denn dieser Tanz soll nicht beantwortet werden.

Jahre später saß sie an einem Caféhaustisch in Paris zwischen Michael und Donald.
Weshalb saß sie zwischen Michael und Donald?
Warum waren nicht alle Fäden zwischen ihr und Michael zerschnitten worden, als sie heiratete, und er sich einer Reihe von Donalds überließ?
Als sie sich in Paris wiedertrafen, hatte er das Bedürfnis, eine Dreiheit herzustellen, ein Verbindungsglied zwischen Djuna und all den wechselnden, aufeinanderfolgenden Donalds zu schaffen.
In seiner Beziehung zu Donald schien ihm ein Element zu fehlen.
Donald hatte einen schlanken Körper wie ein ägyptischer Knabe. Sein Haar war dunkel und zerzaust wie das Haar eines spielenden Kindes. In bestimmten Augenblicken ließ ihn die außerordentliche Sanftheit seiner Gesten klein erscheinen, und wenn er aufrecht und edel dastand, schien er groß und stark zu sein.
Er hatte große, brennende Augen und sprach ohne Stokken wie ein Medium. Seine Lider fielen schwer über seine Augen, mit sanft gebogenen Wimpern wie bei einer Frau. Seine Nase war klein und gerade, seine Ohren zierlich, und er hatte kräftige, jungenhafte Hände.
Als Michael sie verließ, um Zigaretten zu holen, sahen sie sich an, und sofort hörte Donald auf, die Rolle einer Frau zu spielen. Er straffte seinen Körper und sein Blick wurde selbstbewußt.
Bei ihr versicherte er sich seiner Stärke. War es die Tatsache, daß sie eine Frau war, die seine Stärke herausforderte? Er wirkte jetzt wie ein ernsthaftes Kind, das zum Mann heranreift.
Mit dem Lächeln eines Verschwörers sagte er: »Michael behandelt mich, als sei ich eine Frau oder ein Kind. Er möchte nicht, daß ich arbeite. Er möchte, daß ich von ihm

abhängig bin. Er sehnt sich danach, im Süden in einer Art Paradies zu leben.«

»Und was möchtest du?«

»Ich bin nicht sicher, ob ich Michael wirklich liebe ...«

Das hatte sie erwartet zu hören. Es war stets dieses Eingeständnis der Unvollkommenheit. Einer floh immer, oder wenn sie alle drei zusammensaßen, beklagte sich einer oder liebte den anderen weniger.

Donalds Worte wurden von den kompliziertesten Harmonisierungen des Ausdrucks begleitet, die Djuna je gesehen hatte. Donalds Augen und sein Mund suggerierten eine Erregung, die sie nur an Drogensüchtigen kannte. Bei Donald entstand sie nicht durch künstliche Drogen, sondern durch den merkwürdigen Beigeschmack, den er aus Schwierigkeiten zog, aus dem Labyrinth, den Umwegen und aus seiner unerfüllten Liebe.

In Donalds Augen glänzte das Fieber vergeblich durchwachter Nächte, heimlicher Liebschaften und der Jagd nach dem Verbotenem, Schwankungen und Stimmungen, die dem alltäglichen Leben nicht bekannt sind. Er machte sich auf die Jagd nach dem Verbotenen, und es war dieser Geschmack, den er suchte, und in gleichem Maße das fremde Licht, das auf alles Unbekannte, Unvertraute und Tabuisierte fiel, alles was ihn an die geheimen Augenblicke seiner Kindheit erinnerte, in denen er das suchte, was ihm von seinen Eltern am strengsten verboten worden war.

Aber wenn es um die Wahl des einen ging, darum, das eigene Ich dem einen zu geben, wenn es um Offenheit und Einfachheit ging, um das Bemühen nach Vollständigkeit, kam jedesmal ein rätselhafter Impuls dazwischen und zerstörte die Beziehung. Ein Haßgefühl gegen Dauer und gegen alles, was einer Ehe ähnelte.

Donald fand Gründe, die gegen Michaels Paradies sprachen, da es den bittersüßen intensiven Geschmack zerstören würde, den er suchte.

Er beugte sich zu Djuna, und jetzt flüsterte er wie ein Verschwörer. Es war seine Verschwörung gegen die Einfachheit, gegen Michaels Verlangen nach einem friedlichen Zusammenleben.

»Djuna, wenn du nur wüßtest, wie es das erste Mal war! Ich glaubte, die ganze Welt würde sich verändern, sich vollständig verwandeln und auf dem Kopf stehen. Ich dachte, das Zimmer würde schwanken wie nach einem Erdbeben, und ich glaubte, die Tür würde nicht mehr zur Treppe führen, sondern in den freien Raum und die Fenster auf das Meer. Diese Erregung, diese Angst und diese Furcht, keine Erfüllung zu finden. Dann wieder habe ich das Gefühl, einem Gefängnis zu entrinnen. Ich habe Angst, wieder eingefangen und bestraft zu werden. Wenn ich in einem Café jemandem durch Blicke verstohlene Zeichen gebe, dann habe ich das Gefühl, wir seien zwei Gefangene, die einen mühevollen Weg gefunden haben, sich durch einen Geheimcode zu verständigen. Alle unsere Botschaften sind von den grellen Farben der Gefahr gefärbt. Was ich auf diesen Abwegen erreiche, besitzt den Geschmack, der mit nichts vergleichbar ist, was sich auf einfachen Wegen erreichen läßt. Es gleicht dem Genuß, den wir an jenen dunklen und heimlichen Nachmittagen unserer Kindheit fanden, wenn wir mit großer Angst und Furcht vor Bestrafung verbotene Spiele spielten. Ich bin jetzt an die Erregung der Gefahr gewöhnt, an das Fieber der Reue. Diese Gesellschaft, die mich verurteilt ... weißt du, wie ich mich an ihr räche? Ich verführe jedes einzelne ihrer Mitglieder, langsam, eins nach dem anderen ...«
Er sprach leise und triumphierend. Er wählte die seidigsten Worte und verhüllte seinen Traum nicht, über alle zu triumphieren, die es wagten, bestimmte Handlungen zu verbieten und bestimmte Formen der Liebe.
Wenn er über Michael sprach, nahm sein Gesicht den Ausdruck an, den Frauen zeigen, wenn sie einen Mann verführt haben; ein Ausdruck eitler Schadenfreude, eine triumphierende, unkontrollierbare Feier ihrer Macht. Und so zelebrierte Donald die weiblichen Listen, Tricks und Reize, durch die er erreicht hatte, daß Michael sich so sehr in ihn verliebte.
Djuna erschien es, als sei Michael auf seiner Flucht vor Frauen lediglich bei einer Frau angelangt, die alle kleineren Fehler einer Frau in sich vereinigte.

Donald redete nicht weiter, und der feminine, singende Tonfall seiner Stimme, die nie in tiefere Tonlagen fiel, hing in der Luft.
Michael kam zurück, setzte sich zwischen sie und bot Zigaretten an.
Sobald Michael wieder bei ihnen war, sah Djuna, wie sich Donald veränderte, wieder zur Frau wurde, wie er quälte und provozierte. Sie sah, wie Donalds Körper in weibliche Bewegungen fiel und sein Gesicht sich in all seiner Nacktheit bloßlegte. Sein Gesicht drückte die Hingabe einer Frau aus, die genommen wird. Alles war enthüllt, die Schadenfreude, die Bosheit, die Eitelkeit und das Kindische. Seine Gesten glichen den Gesten einer zweitrangigen Schauspielerin, die mit einem Augenaufschlag Blumen entgegennimmt und dabei mit verstohlenem Seitenblick kokettiert. Ein Blick, der wie eine zurückgeschlagene Bettdecke oder der Saum eines Unterrocks wirkt.
Er neigte den Kopf wie eine dieser Ballettratten und trieb das kleine Spielchen munterer Wachsamkeit mit dem mutwillig gespitzten Mündchen, das Küßchen erwartet, die nichts bedeuten; das Geflatter und Gurren hübscher Täubchen, all das oberflächliche Beiwerk, das Repertoire verstohlener, auffordernder Blicke, die kleinen Gesten der Bestürzung und der Versprechungen, das sich Frauen ohne Format aneignen.
Michael sagte: »Ihr beide gleicht euch. Djuna, ich bin sicher, Donalds Anzüge würden dir passen.«
»Aber Donald ist ehrlicher«, sagte Djuna und dachte daran, wie offen Donald eingestand, daß er Michael nicht liebte, während sie vermutlich hundert Seitenwege eingeschlagen hätte, um diese Wahrheit zu mildern.
»Donald ist ehrlicher, weil er weniger liebt«, sagte Michael.
Wärme lag in der Luft. Das Grün des Frühlings zitterte aus reiner Koketterie, nicht aus Unbehagen. Die Liebe strömte nun zwischen den dreien; sie wurde geteilt, übergeben und übertragen, als sei Michael endlich frei, Djuna in Gestalt eines Knaben zu lieben, durch Donalds Körper Djuna zu erreichen, die er nie direkt berühren

konnte, als erreichte Djuna durch Donalds Körper Michael. Und die fehlende Dimension ihrer Liebe erreichte ihre Vollkommenheit im Raum, wie eine Algebra der Unvollkommenheit, ein abstraktes Drama der Unvollständigkeit, das sich schließlich für einen Moment durch diese Dreiheit auflöste, durch die Frau, die zwischen zwei unvollständigen Männern saß.

Sie konnte Donalds eleganten Körper mit Michaels Augen sehen, die schlanke Taille, die breiten Schultern und den beredten Gesichtsausdruck.

Sie konnte sehen, daß Donald Michael nicht sein wahres Ich schenkte. Er spielte für ihn eine Karikatur der Launenhaftigkeit und der Kapricen unbedeutender Frauen. Er bestellte einen Drink, änderte seine Absicht, und als der Drink schließlich kam, wollte er ihn nicht mehr.

Djuna dachte: »Er ist wie eine Frau ohne den Schoß, in dem sich die großen Geheimnisse vollziehen. Er ist die Travestie einer Hochzeit, die nie stattfinden wird.«

Donald erhob sich, führte vor ihnen einen kleinen Tanz von Abschied und Flucht auf. Er mied Michaels bittende Augen, verbeugte sich, machte ironische Gesten der Entschuldigung und der Flucht und verließ sie.

Dieser kleine Tanz erinnerte sie an Michaels Abschiede an ihrer Tür, als sie sechzehn war. Und plötzlich sah sie alle ihre Schritte mit Michael und Michaels Schritte mit Donald als ein Ballett der Unwirklichkeit und des Nichtbesitzens.

»Die vollkommenste Form ihrer Handlungen ist die Flucht«, sagte sie zu Michael.

Zu den Klängen von Debussys *›Ile Joyeuse‹* vollführten sie alle Schritte, die zum Nichtbesitzen führten.

(Wann werde ich aufhören, diese ätherischen jungen Männer zu lieben, die in einem Reich leben, das wie das Reich der Vögel ist? Vögel, die immer ein bißchen schneller sind als die meisten Menschen, immer ein bißchen über dem Menschlichen oder jenseits des Menschlichen, immer auf der Flucht aus einer großen Furcht vor Menschen. Sie suchen immer den offenen Raum, entgehen wachsam der Gefangenschaft und sind besorgt um ihre Freiheit. Sie vibrieren mit einer Unzahl von Ängsten und spüren, daß sie von Gefahren umgeben sind ...)

»Vögel«, sagt ein Wissenschaftler, »leben ihr Leben mit einer Intensität, die so extrem ist wie ihre brillanten und leuchtenden Farben, wie ihre lebhaften Gesänge. Ihre Körpertemperatur schwankt normalerweise zwischen vierzig und fünfundvierzig Grad Celsius. Jeder, der einen Vogel aus der Nähe beobachtet hat, wird bemerkt haben, wie sein ganzer Körper vom wilden Pochen seines Pulsschlags erzittert. Solche Maschinen müssen immer mit Hochleistung arbeiten: Und genau das tut ein Vogel. Der Atem eines Vogels füllt nicht nur seine Lungen, sondern strömt durch Myriaden winzigster Kanäle in Luftsäcke, die den gesamten Raum des Vogelkörpers füllen, der nicht von lebenswichtigen Organen eingenommen wird. Darüber hinaus sind diese Luftsäcke mit vielen Knochen des Vogels verbunden, die nicht wie alle anderen Tierknochen mit Mark gefüllt, sondern hohl sind. Diese Luftreservoire halten Brennstoff für das intensive Leben des Vogels bereit und tragen gleichzeitig zu seiner Leichtheit im Flug bei.«

Paul kam, wie die Morgendämmerung kommt: nebelverhangen und seiner Gesten nicht sicher. Die Sonne blieb verborgen, bis er lächelte. Dann wurden das Blau seiner Augen, die Schatten unter seinen Augen, die schläfrigen Augenlider durch das offene und strahlende Lächeln erhellt. Nebel, Tau und das unsichere Zögern seiner Gesten wurden von dem vollen, energischen Mund und den starken, gleichmäßigen Zähnen verdrängt.

Dann verschwand das Lächeln wieder, so schnell wie es aufgetaucht war. Wenn er das Zimmer betrat, brachte er das Wesen der Jugend mit sich, das weder Sonne noch Mond ist, sondern ein Bereich, der dazwischen liegt.

Wieder bemerkte sie die Schatten unter seinen Augen, die eine sanfte violette Aura um seine intensiv blauen Pupillen legten.

Er hatte sich in Scheu gehüllt, und seine Augenlider waren

schwer von zu vielen Träumen. Seine Träume lagen wie die Ausläufer eines tiefen Schlummers auf dem Saum seiner Lider. Man erwartete, daß sie sich zu einem hypnotischen Schlaf innerer Phantasien schließen würden, der so geheimnisvoll ist wie ein Drogenrausch.

Diese ständigen Wechsel von Umwölkung und Strahlen vollzogen sich in wenigen Augenblicken. Sein Körper war völlig ruhig, dann sprang er plötzlich voll Fröhlichkeit und Leichtigkeit auf, und im nächsten Augenblick verschloß sich sein Gesicht wieder hermetisch.

Mit derselben Schnelligkeit bewegte er sich zwischen Gedanken, die von völligem Erwachsensein zu sprechen schienen, und überraschend naiven Ungereimtheiten hin und her.

Es war schwer, sich ständig vor Augen zu halten, daß er siebzehn war. Er schien mehr mit seiner Unsicherheit beschäftigt zu sein, und wie er sich in dieser ihm unvertrauten Welt verhalten sollte, als damit, sie in sich aufzunehmen und sich daran zu erfreuen.

Unsicherheit verdarb ihm die Freude an der Gegenwart. Aber Djuna empfand, daß er seine Schätze in die geheimen Kammern der Erinnerung trug und sie dort ausbreitete, wie man sich alles bereitlegt, um eine Opiumpfeife anzuzünden; Schätze, die nicht länger von der Unsicherheit des Lebens bedroht waren, Schätze, die Vergangenheit waren. Dort berührte und liebkoste er jedes Wort, jedes Bild und machte es zu seinem Eigentum.

In Einsamkeit und in der Erinnerung begann sein wirkliches Leben. Alles, was gerade geschah, war lediglich Vorbereitung auf die Opiumpfeife, die später Rauchwölkchen in den Raum aufsteigen lassen würde, um seine Einsamkeit zu verzaubern, wenn er sich fern von Gefahr und Unbekanntem niederlegen würde, wenn er sich niederlegen würde, um seine Erfahrung auszukosten, die von den Schlacken der Angst gereinigt war.

Er würde sich niederlegen, und von dem Träumer würde nichts mehr verlangt, nicht mehr erwartet, daß er teilnahm, sprach, handelte und Entscheidungen traf. Er würde sich hinlegen, und die Bilder würden in schimären-

haften Visionen aufsteigen, aus einer Geschichte emporsteigen, die in jeder Einzelheit wunderbarer war, als das, was gerade in diesem Moment durch den Verstand entstellt wird.
Da er im voraus einen Traum geschaffen hatte, den er vor Zerstörung durch die Realität bewahren wollte, wurde für den Träumer Paul alles Tun in seinem Leben immer schwieriger. Seine Furcht war Furcht des Opiumträumers vor Lärm und Tageslicht.
Er wollte nicht nur seinen Traum von Djuna wie ein zartes Parfum bewahren, das leicht verfliegt, sondern, und das war weit gefährlicher, sein eigenes Bild von dem bewahren, was Djuna von ihm erwartete, was er glaubte, daß Djuna von ihm erwartete. Für den jugendlichen Paul war das eine schwere Forderung. Seine eigenen, verklärten Wünsche, von denen er nicht wußte, daß er sie selbst geschaffen hatte, machten jede Handlung und jedes Wort zu einem Problem, bei dem er von neuem Szenen spielte, die er in der Kindheit eingeübt hatte, und in denen die Natürlichkeit des Kindes unablässig durch die Strenge der Eltern unterdrückt wurde. Sie hatten ihm ständig das Gefühl vermittelt, daß kein Wort und keine Handlung dem unerreichbaren Standard entsprach, den sie ihm setzten. Darin bestand die grausame Einschnürung. Sie war grausamer als die der Chinesen, die ihren Kindern die Füße einbanden, sie mit vielen Leinenbinden umwickelten, um das natürliche Wachstum zu hemmen. Dieses tyrannische Gewebe zu lange getragen, es nicht zerrissen oder zerschnitten zu haben, macht den Träger schließlich zu einer Mumie ...
Djuna konnte die Mutter vor sich sehen, die Paul einschnürte, als er ihr folgende Geschichte erzählte. Er besaß ein Meerschweinchen, das er sehr liebte. Seine Mutter hatte ihn gezwungen, es zu töten.
Sie sah alle seine Fesseln, als er hinzufügte: »Ich verbrannte ein Tagebuch, das ich führte.«
»Weshalb?«
»Da ich jetzt einen Monat lang zu Hause bin, hätten meine Eltern es vielleicht gelesen.«
Waren die Strafen so schwer, daß er eher lebendige Züge

seiner selbst vernichtete, ein geliebtes Haustier tötete und ein Tagebuch verbrannte, das sein innerstes Ich widerspiegelte?

»Du hast so viele Seiten, die du deinen Eltern nicht zeigen kannst.«

»Ja.« Auf seinem Gesicht zeigte sich Angst. Die Wirkung ihrer Strenge war an seinem Sitzen, Stehen – ja sogar im Ton der Resignation erkennbar, in dem er sagte: »Ich muß bald gehen.«

Djuna blickte ihn an und sah ihn als den Gefangenen, der er war, ein Gefangener von Schule und Eltern.

»Aber vor dir liegt ein ganzer Monat Freiheit.«

»Ja«, sagte Paul, aber das Wort Freiheit erweckte in seinem Wesen kein Echo.

»Was wirst du damit tun?« Er lächelte.

»Ich kann nicht viel damit beginnen. Meine Eltern erlauben mir nicht, Tänzerinnen zu besuchen.«

»Hast du ihnen erzählt, daß du mich besuchst?«

»Ja.«

»Wissen Sie, daß du Tänzer werden willst?«

»O nein.« Er lächelte wieder. Es war ein trauriges Lächeln, und seine Augen verloren ihre direkte, offene Freimütigkeit. Sie flackerten, als habe er plötzlich seinen Weg verloren.

Das war der Ausdruck, den sie an ihm am besten kannte: ein verschleierter Blick, der an Menschen und Dingen abglitt.

Er litt unter den Ängsten eines Kindes in der fremden Welt, doch vermittelte er gleichzeitig den Eindruck, in einer weit größeren Welt zu leben. Dieser Junge ist verloren, dachte Djuna zärtlich. Aber er hat sich in einer größeren Welt verloren. Seine Träume sind vage, unendlich und gestaltlos. Er verliert sich in ihnen. Niemand weiß, was er sich vorstellt, und was er denkt. Er weiß es nicht. Er kann es nicht sagen, aber es ist keine einfache Welt. Sie erstreckt sich weiter, als sein Zugriff reicht. Er ahnt mehr, als er weiß. Es ist eine größere Welt, die ihn erschreckt. Er kann nicht vertrauen oder sich hingeben. Er muß zu häufig zu hart verurteilt worden sein.

Während sie schweigend beieinandersaßen, umhüllten ihre Augen ihn mit Zärtlichkeit. Die Wolke verschwand von seinem Gesicht. Es war, als ahne er ihre Gedanken.
Gerade als er gehen wollte, kam Lawrence atemlos hereingestürmt, umarmte Djuna überschwenglich, sprang im Studio umher und drehte das Radio an.
Er war so alt wie Paul, aber anders als Paul schien er kein kleines Schneckenhaus um sein Ich zu tragen, keinen Ort, an den er sich zurückziehen und verschwinden konnte. Er trat der Welt offen entgegen, mit aufmerksamen Augen, lächelnd, erwartungsvoll, aufgeschlossen für alles, was geschehen konnte. Er lebte impulsiv und kam niemals zur Ruhe.
Er hatte einen Käfig bei sich, den er mitten ins Zimmer stellte. Er nahm die Umhüllung ab, die wie ein kleines, gestreiftes Sonnensegel aussah.
Djuna kniete sich auf den Teppich, um zu sehen, was in dem Käfig war. Sie lachte, als sie eine blaue Maus sah, die an einem Keks knabberte.
»Wo hast du eine türkisfarbene Maus gefunden?«, fragte Djuna.
»Ich habe sie in Farbe gebadet«, antwortete Lawrence, »aber sie leckt die Farbe in wenigen Tagen wieder völlig ab und ist dann wieder weiß. Deshalb mußte ich sie einmal direkt nach ihrem Bad hierherbringen.«
Die blaue Maus knabberte emsig. Die Musik spielte. Sie saßen auf dem Teppich. Das Zimmer begann zu funkeln und zu knistern.
In Pauls Augen stand Verwunderung.
(»Dieses Tier muß nicht getötet werden. Hier ist nichts verboten«, sagten seine Augen.)
Lawrence bemalte den Käfig mit phosphoreszierender Farbe, damit er in der Dunkelheit leuchtete.
»Auf diese Weise wird sie sich nicht ängstigen, wenn ich sie nachts alleine lasse.«
Während die Farbe trocknete, begann Lawrence zu tanzen. Djuna lachte hinter ihrem Schleier langer Haare.
Paul sah sie verlangend an und sagte dann mit tonloser

Stimme: »Ich muß jetzt gehen.« Und er ging hastig hinaus.
»Wer ist dieser schöne Junge?« fragte Lawrence.
»Der Sohn tyrannischer Eltern, die nicht wünschen, daß er eine Tänzerin besucht.«
»Wird er wiederkommen?«
»Er hat nichts versprochen. Nur wenn seine Eltern es ihm erlauben.«
»Wir werden ihn besuchen.«
Djuna lächelte. Sie stellte sich vor, wie Lawrence mit einem Käfig, in dem eine blaue Maus saß, in dem beängstigend förmlichen Haus von Pauls Eltern ankam, und Pauls Mutter sagte: »Bringen Sie dieses Tier aus dem Haus!« Oder Lawrence, der in einem tänzerischen Sprung den Kronleuchter streifte oder ein unanständiges Liedchen sang.
»*C'est une jeune fille en fleur*«, sagte er jetzt, womit er hellsichtig Djunas Furcht erriet, niemals den Echos und Brüdern Michaels entrinnen zu können.
Lawrence zuckte mit den Schultern und blickte sie mit seinen rotgoldenen Augen unter seinen rotgoldenen Haaren an. Immer wenn er sie fröhlich ansah, wirkte es anstekkend: dieser lebhafte, leuchtende Blick, der verliebt auf jeden und auf alles fiel, der die schwärzeste Stimmung vertrieb.
Keine Traurigkeit konnte sich diesem übermütigen Karneval der Zuneigung entziehen, den er jeden Tag neu inszenierte, der mit der Begeisterung für seine erste Tasse Kaffee begann, einem spontanen Gefallen an dem ersten Menschen, den er sah. Er konnte sich für jeden, für Mann, Frau, Kind oder Tier beim geringsten Anlaß begeistern. Eine Aufgeschlossenheit, die selbst bei seinen Zusammenstößen mit Unglück, Problemen und Schwierigkeiten nicht erlosch.
Er begegnete allem lächelnd. Ohne Geld in der Tasche stürmte er los, um anderen zu helfen. In ungezügelten Exzessen stürzte er sich in Liebe, Begehren, Besitzen, Verlieren, Leiden und in die vielen kleinen Tode, die alle Menschen jeden Tag sterben. Er starb und weinte und litt und

verlor sogar mit Begeisterung, mit Inbrunst. Er war in der Armut verschwenderisch, reich und überfließend mit einem unsichtbaren chemischen Äquivalent zu Gold und Sonne.
Jedes Ereignis ließ ihn vor Freude springen und tanzen: ein Konzert, ein Theaterstück, ein Ballett, ein Mensch. Ja, ja, ja, rief sein junger, kräftiger Körper jeden Tag von neuem. Er kannte keinen Widerruf, kein Zögern, keine Ängste, keine Vorsicht, keine Ökonomie. Er nahm jede Einladung an.
Seine Freude lag in der Bewegung, im Zustimmen, in der Einwilligung, in der Ausdehnung.
Immer wenn er kam, zog er Djuna in seinen wirbelnden Sog. Selbst in der Traurigkeit lächelten sie sich an, zerflossen in Traurigkeit mit geweiteten Augen und geweiteten Herzen.
»Wirf alle Sorgen ab und tanze!«
So heilten sie sich gegenseitig durch Tanzen, durch Begeisterung und Feuer – in vollkommener Übereinstimmung.
Die Wogen, die ihn vorwärtstrugen, warfen ihn nie auf die Klippen. Er kam stets lächelnd zurück: »Oh, Djuna, erinnerst du dich an Hilda? Ich war so verrückt nach ihr. Und weißt du, was sie tat? Sie versuchte, mir Falschgeld anzudrehen. Ja, mit ihren schönen Augen, mit ihrem einschmeichelnden Benehmen und ihrer ganzen Feinfühligkeit kam sie zu mir und sagte mit süßer Stimme: ›Kannst du mir diesen Zehndollarschein wechseln?‹ Und es war Falschgeld. Und dann versuchte sie, Drogen in meinem Zimmer zu verstecken, und behauptete, ich sei der Schuldige. Beinahe mußte ich deshalb ins Gefängnis. Sie brachte meine Schreibmaschine ins Pfandhaus und meinen Malkasten. Schließlich legte sie mein Zimmer in Beschlag, und ich mußte eine Nacht auf der Parkbank verbringen.«
Aber am nächsten Morgen war er von neuem voller Vertrauen, Liebe, Glauben und Einfällen.
Tanzen und Glauben.
In seiner Gegenwart war Djuna wieder bereit zu glauben.

An Pauls Augen zu glauben, an das Geheimnis und die Tiefe in ihnen, an einen unermeßlichen Traum, der dort zusammengerollt und ungedeutet lag.
Lawrence war mit der phosphoreszierenden Anstreicherei fertig. Er schloß die Fenstervorhänge, und der Käfig leuchtete im Dunkeln. Da beschloß er, alles mit Leuchtfarben zu bemalen, was man im Zimmer nur bemalen konnte.
Am nächsten Tag erschien Lawrence mit einem großen Topf voller Farbe, die er gerade mit einem Holz rührte, als Paul anrief: »Ich kann für eine Weile von zu Hause weg. Darf ich kommen?«
»Ja, komm! Komm nur!«, sagte Djuna.
»Ich kann nicht lange bleiben ...«, seine Stimme klang belegt wie die Stimme eines Kranken. Ein klagender Ton lag in ihr, der für Djunas Herz deutlich zu hören war.
»Der Gefangene ist für eine Stunde in die Freiheit entlassen«, sagte sie.
Als Paul kam, drückte Lawrence ihm einen Pinsel in die Hand, und schweigend arbeiteten die beiden daran, alles im Zimmer zu bemalen, was sie nur bemalen konnten. Dann schalteten sie das Licht aus. Aus dem Dunkel tauchte ein neues Zimmer auf.
An den Wänden erschienen leuchtende Gesichter, neue Blüten, neue Juwelen, neue Schlösser, neue Dschungel, neue Tiere und Kaskaden von Licht.
Geheimnisvolles Leuchten wie ihre unfaßbaren Worte, ihr impulsives Handeln, ihre spontanen Wünsche und ihr Enthusiasmus. Die Dunkelheit war aus ihrer Welt verbannt, die Dunkelheit des verlorenen Glaubens. Es war jetzt das Zimmer mit einem unaufhörlichen Funkeln, selbst in der Dunkelheit.
(Sie schaffen eine neue Welt für mich, dachte Djuna, eine Welt größerer Heiterkeit. Vielleicht ist es ein Traum, und es ist mir nicht erlaubt zu verweilen. Sie sehen in mir eine der ihren. Denn ich glaube, was sie glauben. Ich fühle wie sie. Ich hasse den Vater, Autorität, Männer der Macht, Männer mit Reichtum, jede Art von Tyrannei, jede Art von Autorität, alle Verhärtungen. Ich empfinde wie Law-

rence und Paul: Draußen liegt eine mächtige Welt voller Grausamkeiten und Verderbtheit, wo man seine Anmut und Verspieltheit für wenig Geld verkauft, und eine strenge Welt betritt, eine Welt der Disziplin, der Pflichten, der Verträge und Konten. Eine undurchsichtige, düstere Welt ohne Leuchtkraft. Ich möchte für immer in diesem Zimmer bleiben. Aber nicht mit Mann, dem Vater, sondern mit Mann, dem Sohn, und ich möchte malen, tanzen, träumen, gestalten und immer wieder anfangen, jeden Tag neu geboren werden, niemals altern, voller Vertrauen und Ideen sein, mich in jedem Wind drehen und wenden wie ein Mobile. Ich kann die Menschen nicht lieben, die aufgehört haben zu fließen, zu glauben, zu fühlen. Alle, die nicht mehr weich sein und sich begeistern können, die sich nicht betrügen lassen können, über Verluste lachen können – alle die gebunden und erstarrt sind.) Als Zeichen der Dankbarkeit legte sie ihren Kopf an die Schulter von Lawrence.

(Nur hier, zusammen mit Lawrence und Paul, lag ein solches Irisieren in der Luft, nur hier war die Gefahr, hart zu werden, so weit entfernt. Alles floß ...)

Djuna kämmte gedankenverloren ihr Haar mit den Fingern, und Lawrence sprach über das immer wiederkehrende Problem einer Arbeit. Er hatte schon so vieles versucht. Wie konnte man arbeiten, ohne seine Farbe, seine Begeisterung, seine Persönlichkeit und Freiheit zu verlieren? Er ähnelte einem zierlichen ägyptischen Skarabäus, der in Gefahr war, durch Routine, Pflichten und Monotonie sein Schillern zu verlieren. Die Arbeit konnte einen töten, verstümmeln, zum Roboter werden lassen, zu einer stumpfen Persönlichkeit, einem künftigen Bestattungsunternehmer, einem Mann der Macht mit gichtigen Knochen und verhärteten Arterien des Glaubens!

Lawrence arbeitete zur Zeit bei einer Firma, die Schaufensterdekorationen anfertigte. Er arbeitete gerne nachts. Er genoß es, in Begleitung von Schaufensterpuppen, Papiermachépferden auf merkwürdige Expedition zu gehen. Er genoß es, auf winzigen Bühnen zu leben, Dschungel zu erschaffen, Meereslandschaften und Fabeltiere. Er liebte es, mit nackten Schaufensterpuppen zu flirten, denen man die Arme so leicht ausziehen konnte wie anderen Frauen Handschuhe, die ihre Köpfe auf dem Boden ablegten und ihre Perücken abnahmen, wenn sie ihre Hüte absetzten. Er wurde zu einem Experten im Auseinandernehmen von Frauen!

Lawrence lebte und atmete Farbe, und es bestand keine Gefahr, daß er an Farblosigkeit sterben würde, denn selbst Unfälle nahmen einen höchst lebendigen Ton an: ein umgeworfener Topf *Gouache* war noch immer ein Genuß für die Augen.

Er brachte Djuna Halsbänder, Kopfschmuck, Ohrringe aus bemaltem Ton, die leicht zerbröckelten wie die Dekorationen für ein Kostümfest.

Sie hatte immer vergängliche Dinge geliebt, die soliden Gegenstände verpflichteten sie zu Dauer. Sie hatte nie ein festes Haus gewollt, wertvolles Mobiliar. All dies waren Fallen. Denn man gehörte für immer ihnen. Sie zog Dekorationen vor, in denen sie leicht einziehen und ohne Bedauern ausziehen konnte. Wenn sie nach kurzer Zeit auseinanderfielen, war nichts verloren. Das Lebendige allein überlebte.

Sie erinnerte sich, daß sie einmal gehört hatte, wie eine Frau darüber klagte, daß Sessel nicht mehr zwanzig Jahre überdauerten. Und Djuna hatte zu ihr gesagt: »Aber ich könnte einen Sessel niemals zwanzig Jahre lang ertragen.«

Und deshalb bestand ihr Leben aus Wechsel und Veränderungen wie bei einem Regenbogen, und sie bevorzugte die Geschenke von Lawrence, die in farbigen Puder und Perlen zerfielen, wie die Farben auf den Flügeln der Schmetterlinge zerfallen, nachdem sie ihren Höhepunkt erlebt haben.

Paul bearbeitete ein Stück Kupfer und schnitt mit der Schere so feine Streifen, daß der Vogel, der schließlich zwischen seinen schlanken Fingern zum Vorschein kam, unzählige Metallfedern sträubte.

Er stellte sich auf den Tisch und hängte ihn an einem Faden an die Decke. Der leichteste Hauch versetzte ihn in sanfte Drehungen.

Paul besaß die Haut eines Kindes, die niemals mit etwas Irdischem in Berührung gekommen war: keine Seife, kein Waschlappen, keine Bürste, kein menschlicher Kuß konnte je seine Haut berührt haben! Sie war nie gebürstet, gerieben, zerkratzt oder durch ein Kissen gedrückt worden. Die Transparenz der Kinderhaut, der Haut des Jugendlichen, die später glanzlos wird. Womit nähren sich Kinder, das ihrer Haut ihre Transparanz verleiht, und was essen sie später, was die Glanzlosigkeit hervorbringt?
Die Mütter, die sie küssen, verzehren Licht.
Es gibt ein Leuchten, das aus der verzauberten Welt der Kindheit stammt. Wohin verschwindet dieser Glanz? Ist es das tief innerliche Vertrauen, das wie ein Leuchten in ihren Körpern kreist, wie das Leuchten des Albatros, und was bringt es zum Erlöschen?
Lawrence hatte ein zusammengerolltes Maßband aus Metall in Djunas Schrank entdeckt, als er nach Dingen suchte, die man bei Scharaden verwenden konnte.
Wenn es völlig aus seinem schneckenhausähnlichen Gehäuse ausgezogen war, wirkte es wie eine lange metallene Schlange, die sich durch bestimmte geschickte Handgriffe fest wie ein Schwert aufrichtete, sich in silbernen Wellen bewegte oder wie ein Blitz aufzuckte.
Lawrence und Paul standen sich wie erfahrene Schwertkämpfer zu einem Duell aus Licht und Stahl gegenüber.
Das Metallband knickte und wurde wieder starr zwischen ihnen wie eine Brücke; bei jeder Vorwärtsbewegung schien es, als habe das Schwert den anderen durchbohrt.
Dann erschlaffte es wieder, ringelte sich wie eine erschreckte Schlange. Das wirkte lächerlich und absurd, und beide lachten.
Aber bald waren sie so geschickt, daß es nicht mehr zusammenbrach oder schwankte, und es wurde in ihren Händen wie ein Donnerkeil. Paul attackierte mit großer Kühnheit, und Lawrence parierte mit Schnelligkeit.
Um Mitternacht wurde Paul ängstlich, sein Leuchten umwölkte sich, sein zauderndes Verhalten kam wieder zum Vorschein. Er befand sich nicht mehr im Mittelpunkt des Raumes, er bewegte sich aus dem Bannkreis von Licht und

Lachen heraus. Er ging wie ein Schlafwandler und entfernte sich von dem Ort der Fröhlichkeit.
Djuna begleitete ihn zur Tür. Sie waren allein, und er sagte: »Meine Eltern haben mir verboten, hierherzukommen.«
»Aber du warst glücklich hier!«
»Ja, ich war glücklich hier.«
»Du gehörst hierher.«
»Weshalb glaubst du, gehöre ich hierher?«
»Du hast Talent zum Tanzen, zum Malen und zum Schreiben. Und es ist dein Monat der Freiheit.«
»Ja, ich weiß ... ich wünschte ... ich wünschte, ich wäre frei ...«
»Wenn du es dir mit aller Kraft wünschst, wirst du einen Weg finden.«
»Ich würde gerne von zu Hause weglaufen, aber ich habe kein Geld.«
»Wenn du wegläufst, werden wir alle für dich sorgen.«
»Weshalb?«
»Weil wir an dich glauben, weil du Hilfe verdienst.«
»Ich weiß nicht, wohin ich gehen soll.«
»Wir werden irgendwo ein Zimmer für dich finden, und wir werden dich adoptieren. Und du wirst einen Monat Leben haben.«
»Leben«, wiederholte er folgsam.
»Aber du sollst es nicht tun, wenn du dich nicht dazu bereit fühlst. Du sollst es nur tun, wenn du es dir so sehr wünschst, daß du bereit bist, alles andere zu opfern. Ich möchte dir nur sagen, daß du auf uns zählen kannst. Aber es muß deine eigene Entscheidung sein, oder es wird nichts bedeuten.«
»Danke.« Dieses Mal drückte er ihr nicht die Hand. Er legte seine Hand in ihre Hände wie in ein Nest, gefaltet, glatt wie Elfenbein, sanft und zur Ruhe gekommen. Ein Akt des Vertrauens.
Dann, bevor er ging, blickte er sich noch einmal im Zimmer um, als wolle er die einhüllende Wärme in sich aufnehmen. Einmal hatte er so sehr gelacht, daß er von seinem Stuhl gefallen war. Djuna hatte ihn zum Lachen ge-

bracht. In diesem Augenblick mußten viele seiner Ketten zersprungen sein, denn nichts sprengt Ketten besser als Lachen. Djuna konnte sich in ihrem ganzen Leben an keine größere Freude erinnern, als an dieses Schauspiel: Paul, der wie ein befreiter Gefangener lachte.

Zwei Tage später stand Paul mit seinem Koffer in der Hand vor der Tür. Djuna empfing ihn fröhlich, als sei dies der Beginn eines Urlaubs. Sie bat ihn, die Samtschleifen an ihrem Handgelenk zu binden, dann fuhr sie ihn zu Lawrence, der bei seinen Eltern wohnte. Dort gab es noch ein freies Zimmer.

Sie hätte ihn gerne in ihrem eigenen Haus untergebracht, aber sie wußte, daß seine Eltern ihn dort suchen würden. Er schrieb seinen Eltern einen Brief. Er erinnerte sie daran, daß ihm nur ein Monat Freiheit blieb, bevor er den Beamtenposten in Indien antrat, den sein Vater für ihn besorgt hatte. Er schrieb ihnen, er sei der Überzeugung, er habe das Recht, in diesem Monat mit den Freunden zusammenzuleben, denen er sich verwandt fühle. Er habe Menschen gefunden, mit denen er vieles gemeinsam habe, und nachdem seine Eltern in ihren Forderungen so unnachgiebig seien und ihm verboten hätten, seine Freunde zu sehen, beharre er ebenso unnachgiebig auf seiner Freiheit. Sie sollten sich keine Sorgen um ihn machen, am Ende des Monats würde er sich den Plänen seines Vaters nicht mehr widersetzen.

Er blieb nicht in seinem Zimmer. Man war übereingekommen, daß er seine Mahlzeiten in Djunas Haus einnehmen würde. Eine Stunde, nachdem er seinen Koffer in Lawrences Zimmer abgestellt hatte, war er bei ihr.

In seiner Gegenwart empfand sie sich nicht als erwachsene Frau. Sie war wieder ein Mädchen von siebzehn, am Beginn ihres Lebens. Als sei sie das siebzehnjährige Mädchen und von Erfahrungen unberührt geblieben, wie die tiefe Schicht einer geologischen Formation, die durch neue Schichten gepreßt, aber nicht zerstört worden war.

(Er scheint nach menschlicher Wärme zu hungern und zu dürsten, und doch ist er so furchtsam. Das gegenseitige

Sichentziehen macht uns zu Gefangenen. Wer wird zuerst fliehen? Wenn wir uns zu schnell bewegen, entsteht Angst, und sie trennt uns. Ich habe Angst vor seiner Unschuld, und er fürchtet sich vor meinem vermeintlichen Wissen. Aber keiner von uns weiß, was der andere will. Wir sind beide gefangen und bereit, jederzeit zu verschwinden, aus einer großen Furcht, verletzt zu werden. Sein Zaudern ist wie das meine; sein Stummsein ist wie das meine in seinem Alter; seine Ängste sind wie meine Ängste.)

Sie spürte das Vibrieren in seinem Körper, als sie sich ihm näherte. Ein Echo ihrer Bewegungen durchdrang all die Nebelschleier in ihm, als sie sich näherte.

Als seine Hand in ihrer Hand ruhte, sagte er: »Alle tun so viel für mich. Glaubst du, ich werde in der Lage sein, das gleiche für jemanden zu tun, wenn ich erwachsen bin?«

»Natürlich.« Und da er so sanft gesagt hatte, ›wenn ich erwachsen bin‹, sah sie ihn plötzlich als den Jungen, der er war. Sie streckte rasch ihre Hand aus und zog ihn an einer Haarsträhne, die über seine Augen hing.

Da sie dies mit einem halb erschrockenen Lachen getan hatte, als erwarte sie, er würde sich wehren, wurde er ungezwungener.

Er rächte sich, indem er ihren Arm verdrehte, bis sie sagte: »Du tust mir weh.« Er ließ sie los. Aber die Entdeckung, daß ihre Arme nicht so stark waren wie die des Jungen, an dem er seine Judogriffe erprobt hatte, verlieh ihm ein Gefühl der Stärke. Er besaß mehr Kraft, als er brauchte, um mit ihr fertig zu werden. Er konnte sie so leicht verletzen, deshalb fürchtete er sich nicht mehr. Er fürchtete sich nicht mehr, wenn ihr Gesicht sich seinem Gesicht näherte, wenn ihre Augen größer und leuchtender wurden, wenn sie tanzte und ihr Haar wie eine seidene Peitschenschnur über ihr Gesicht fiel, oder wenn sie wie eine Araberin am Telefon saß und Einladungen absagte, die ihn ihrer Gegenwart beraubt hätten. Gleichgültig wer anrief, sie lehnte jede Einladung ab und blieb zu Hause, um sich mit ihm unterhalten zu können.

Das Licht im Zimmer wurde leuchtend und strahlend,

und sie wurden darin gebadet. Das Licht strahlte, nachdem seine Furcht verschwunden war.
Er fühlte sich wohl, wenn er saß und zeichnete, las, malte und schlief. Das Licht, das sie umgab, wurde freundlich, gedämpft und intim.
In seiner Gegenwart fielen die zehn Jahre Leben von ihr ab, die die zeitliche Distanz zwischen ihnen geschaffen hatten, und sie fühlte, wie sie wieder in das kleine Haus der Unschuld und des Vertrauens eintrat. Eine Rolle war lediglich abgefallen. Sie spielte die Rolle der Frau, und darin bestand ihre Qual. Sie hatte vorgegeben, eine Frau zu sein, und jetzt erkannte sie, daß sie sich in dieser Rolle nicht wohl fühlte. Sie empfand, daß sie durch Paul in Aussehen und Wesen in einer Weise verwandelt wurde, die ihrem wahren Zustand mehr entsprach.
Mit Paul ließ sie den unehrlichen Schein des Erwachsenseins hinter sich und betrat eine verletzlichere Welt. Sie entfloh der schweren Rolle der gequälten Frau und erreichte den intimeren Raum der menschlichen Wärme.
Während sie mit Paul die Symphonie in d-Moll von César Franck hörte, war es ihr einen Augenblick lang gestattet, durch seine Augen hinter den Spiegel zu treten, einzutreten in ein kleines, mit Seide ausgeschlagenes Haus des Vertrauens.
In der Kunst und in der Geschichte kämpft der Mensch gegen seine Ängste. Er will ewig leben. Er fürchtet den Tod. Er möchte mit anderen Menschen arbeiten. Er möchte ewig leben. Er fürchtet den Tod wie ein Kind. Das Kind fürchtet den Tod, die Dunkelheit und die Einsamkeit. Solch einfache Ängste verbergen sich hinter all den kunstvollen Konstruktionen. Einfache Ängste wie Hunger nach Licht, Wärme und Liebe. Einfache Ängste hinter den kunstvollen Gebilden der Kunst. Untersuche sie alle, liebevoll und ruhig mit den Augen eines jungen Menschen. Hinter ihnen findest du stets einen einfachen Menschen, einen Menschen, der sich fürchtet, einen Menschen, der verloren ist, einen Menschen, der verwirrt ist. Und dieser Mensch verbirgt und verkleidet seine Abhängigkeit und seine Bedürfnisse. Er schämt sich zu sagen:

»Ich bin ein einfaches menschliches Wesen in einer zu großen, zu verwirrenden Welt.« Trotz allem was unsere Forschungen über das Blatt erbracht haben ... es bleibt ein Blatt. Können wir mit einem Blatt, mit einem Baum, mit einem Park, mit einem einfachen Blatt in Beziehung treten: grün, glänzend, von der Sonne oder vom Tau gebadet oder erblassend, weil der Sturm sich naht ...? Wir wollen das Blatt wie die Naturvölker betrachten: Das Blatt ist feucht, oder es glänzt in der Sonne, oder es ist weiß aus Furcht vor dem Sturm oder silbrig im Nebel oder welk in zu großer Hitze. Das Blatt fällt im Herbst herab, vertrocknet und wird in jedem Jahr neu geboren. Lerne vom Blatt Einfachheit. Trotz allem, was wir über das Blatt wissen, sein Zellgewebe, eine phyllome cellular papilla prenchyma stomata Nervatur. Halte eine menschliche Beziehung aufrecht – Blatt, Mann, Frau, Kind, eine zärtliche Beziehung. Gleichgültig wie riesig die Welt, wie kompliziert, wie widersprüchlich, es bleiben immer Mann, Frau, Kind und das Blatt. Menschlichkeit macht alles warm und einfach. Menschlichkeit. Laß die Wasser der Menschlichkeit durch die abstrakte Stadt fließen, durch die abstrakte Kunst; laß sie tropfen wie ein Rinnsal und dabei Felsgebirge spalten, die Eisberge schmelzen, die zu Eis erstarrten Welten, in den leeren Käfigen der Mobiles, wo die Herzen bloßgelegt sind wie die Drähte einer Glühbirne. Laß sie bei der zarten Berührung eines Blattes zerspringen.

Am nächsten Morgen frühstückte Djuna gerade im Bett, als Lawrence kam.

»Ich bin pleite und würde gerne mit dir frühstücken.«

Er hatte gerade begonnen, seinen Toast zu essen, als das Mädchen hereinkam und sagte: »An der Tür steht ein Herr, der seinen Namen nicht nennen will.«

»Finden Sie heraus, was er wünscht. Ich möchte mich noch nicht ankleiden.«

Aber der Besucher war dem Dienstmädchen gefolgt und stand plötzlich im Schlafzimmer.

Bevor jemand ein Wort des Protestes hervorbringen

konnte, rief er wie der klassische Bösewicht: »Haha wir frühstücken!«
»Wer sind Sie? Wer gibt Ihnen das Recht hier hereinzukommen?« fragte Djuna.
»Ich habe das Recht, ich bin ein Detektiv.«
»Ein Detektiv?«
Die Augen von Lawrence begannen vor Vergnügen zu funkeln.
Der Detektiv wandte sich an ihn: »Und was tun Sie hier, junger Mann?«
»Ich frühstücke.« Er sagte das fröhlich und natürlich. Ungerührt trank er seinen Kaffee, und er bestrich einen Toast mit Butter, den er Djuna anbot.
»Wunderbar!« sagte der Detektiv, »habe ich Sie also ertappt. Frühstücken, he? Während Ihren Eltern das Herz über Ihr Verschwinden bricht. Frühstücken, he? Wenn sie noch nicht achtzehn sind, und Ihre Eltern sie zwingen können, nach Hause zurückzukehren. Sie können Sie dort festhalten.« Und zu Djuna gewandt fügte er hinzu: »Und welches Interesse können Sie an diesem jungen Mann haben?«
Djuna und Lawrence brachen in hemmungsloses Gelächter aus.
»Ich bin nicht der einzige«, sagte Lawrence.
Bei diesen Worten sah der Detektiv aus, als habe er nicht erwartet, daß seine Aufgabe so leicht sein würde. Er schien dankbar für die Zusammenarbeit zu sein.
»So, Sie sind nicht der einzige!«
Djuna hörte auf zu lachen: »Er will damit sagen, jeder, dem das Geld ausgegangen ist, kann hier frühstücken.«
»Möchten Sie eine Tasse Kaffee?« fragte Lawrence mit unverschämtem Lächeln.
»Sie haben genug geredet«, sagte der Detektiv, »Sie sollten jetzt besser mit mir kommen. Paul.«
»Aber ich bin nicht Paul.«
»Wer sind Sie?«
»Ich bin Lawrence.«
»Kennen Sie Paul? Haben Sie ihn in letzter Zeit gesehen?«
»Er war gestern Abend hier auf einer Party.«

»Eine Party? Und wohin ist er danach gegangen?«
»Das weiß ich nicht«, antwortete Lawrence, »ich denke, er lebt bei seinen Eltern.«
»Was für eine Party?« fragte der Detektiv.
Aber jetzt lachte Djuna nicht mehr. Sie wurde ärgerlich: »Verlassen Sie sofort das Haus«, sagte sie.
Der Detektiv zog eine Fotografie aus seiner Tasche, verglich sie mit dem Gesicht von Lawrence, stellte keine Ähnlichkeit fest, blickte noch einmal in Djunas Gesicht, sah ihre Verärgerung und ging.
Sobald er gegangen war, verflog ihr Ärger, und sie lachten von neuem. Plötzlich verwandelte sich Djunas Ausgelassenheit in Besorgnis. »Aber das kann ernst werden, Lawrence. Paul wird nicht mehr hierherkommen können. Stell dir vor, Paul wäre zum Frühstück hiergewesen.«
Und dann wurde ihr ein anderer Aspekt der Situation bewußt, und ein trauriger Ausdruck trat in ihr Gesicht. »Was für Eltern Paul haben muß. Eltern, die ihn mit Gewalt nach Hause bringen lassen wollen.«
Sie griff zum Telefon und rief Paul an. Paul sagte mit entsetzter Stimme: »Sie können mich nicht mit Gewalt nach Hause bringen.«
»Ich weiß nicht, was die Gesetze bestimmen, Paul. Es ist besser, du kommst nicht mehr hierher. Ich werde dich an anderen Orten treffen. Treffen wir uns heute im Theater, bis wir mehr wissen.«
In den nächsten Tagen trafen sie sich in Konzerten, Balletten und in Galerien. Aber niemand schien ihnen zu folgen. Djuna lebte in beständiger Furcht, er könne entführt werden, und dann würde sie ihn nie wiedersehen. Ihr Zusammensein wurde vom Kummer immer neuen Abschiednehmens überschattet. Sie sahen sich jedesmal an, als sei es das letzte Mal.
Aus dieser Furcht vor dem Verlust sah sie ihm länger ins Gesicht, und jede Facette, jede Geste, jede Nuance seiner Stimme sank tiefer in sie und wurde für den künftigen Verlust aufbewahrt. Tiefer und tiefer wurde sie durchdrungen und durchtränkt, während sie gegen sein Verschwinden kämpfte.

Sie hatte das Gefühl, nicht nur den lebendigen Paul der Gegenwart zu sehen, sondern auch den Paul der Zukunft. Sie konnte hinter jedem Gesichtsausdruck einen Hinweis auf künftige Macht, künftiges Urteilsvermögen und künftige Vervollkommnung sehen. Ihre Vision des künftigen Paul erhellte die Gegenwart. Andere sahen einen jungen Mann, der sich zum ersten Mal betrank, seine ersten Schritte in die Welt unternahm, der unsicher war und sich selbst widersprach. Aber sie fühlte, sie lebte mit einem Paul, den noch niemand gesehen hatte: der Mann der Zukunft, entschlossen und mit einer Kraft ausgestattet, die sie immer wieder spürte.

Wenn die Wolken und Nebel der Jugend verschwunden sein würden, welch vielschichtige und reiche Persönlichkeit konnte er mit dieser Mischung aus Sensibilität und Intelligenz werden, die seine Entscheidungen bestimmte, die Seichtheit verwarf, die nie einen Schritt in Richtung Mittelmäßigkeit ging und mit einem unfehlbaren Instinkt für das Außergewöhnliche ausgestattet war.

Wie wenig mußten seine Eltern diesen Paul der Zukunft kennen, wenn sie einen Detektiv beauftragten, ihn mit Gewalt nach Hause zurückzubringen. Diesen Paul, der die tief verborgene Ader der Zärtlichkeit besaß, die noch nicht zugänglich war, die Djuna aber sehen konnte.

Sie lebte mit einem Paul in einer geheimen Beziehung, den noch niemand kannte, weit entfernt vom Zugriff der geschicktesten Detektive, jenseits des Zugriffs der gesamten Welt.

Sie spürte die Wärme hinter der verschleierten Stimme, eine verborgene Stärke hinter dem Zögern und hinter den Ängsten einen unermeßlichen Traum, der schwer zu ermessen und zu erfüllen war.

Er hatte den Nachmittag mit ihr verbracht, und jetzt lag sie allein auf ihrem Bett. Während der Vogel, den er geschaffen hatte, spielerisch in der Mitte des Raumes kreiste, traten Tränen in ihre Augen, so langsam, daß sie sie erst spürte, als sie ihr die Wangen hinabliefen.

Tränen über dieses unerträgliche Schmelzen ihres Herzens und ihres Körpers. Ein völliges Schmelzen vor Pauls Gesicht und der Stummheit, mit der sein Körper sprach, der Sanftheit, mit der er nach dem Licht hungerte, danach griff, danach tastete, wie ein Gefangener, der langsam und allmählich aus seinem Gefängnis entflieht, von Tür zu Tür, von Zimmer zu Zimmer, von Gang zu Gang. Das Gefängnis, das um ihn errichtet worden war, war das Gefängnis der Dunkelheit: Dunkelheit über sich selbst, seine Bedürfnisse, seine wahre Natur.

Die Einzelzelle, die von den Eltern errichtet worden war. Er wußte nichts, nichts über sein wahres Ich. Und diese Blindheit war so wirkungsvoll, als sei er in Ketten gelegt. Seine Eltern und seine Lehrer hatten ihm lediglich ein falsches Ich aufgezwungen, das ihnen richtig zu sein schien. Diesen Jungen kannten sie nicht. Aber dieses Schmelzen, es durfte nicht sein. Sie wendete ihr Gesicht ab. Sie wendete ihr Gesicht nach rechts, wie um sich von der Vision seines Gesichts abzuwenden und flüsterte: »Ich darf ihn nicht lieben. Ich darf ihn nicht lieben.«

Es klingelte. Bevor sie sich aufrichten konnte, war Paul hereingekommen.

»O Paul, das ist gefährlich für dich.«

»Ich mußte kommen.«

Er kam auf sie zu, blieb stehen, und sein Körper versuchte, eine Botschaft zu übermitteln. Was sagte sein Körper? Was sagten seine Augen?

Er war zu nahe. Sie fühlte, daß seine Augen Besitz von ihr ergriffen, und sie eilte hinaus, um Tee zu machen, um ein Tablett zwischen sie zu stellen, wie der äußerst zerbrechliche Wall aus Sand der Kindertage, den das Meer so einfach wegspülen konnte!

Sie redete, aber er hörte ihr nicht zu, und auch sie hörte nicht auf ihre eigenen Worte, denn sein Lächeln durchdrang sie, und sie wollte vor ihm davonlaufen.

»Ich wüßte gerne ...«, sagte er, und die Worte hingen in der Luft.

Er saß zu nahe. Sie spürte das unerträgliche Schmelzen, das Sichverlieren, und sie kämpfte darum, eine Tür vor ihm zu schließen. »Ich darf ihn nicht lieben! Ich darf ihn nicht lieben!«

Sie rückte von ihm ab, aber seine Haare waren ihrer Hand so nahe, daß ihre Finger, magnetisch angezogen, sie leicht und spielerisch berührten.

Hatte er ihr eigenes Zittern gemerkt? Er antwortete nicht. Er beugte sich ungestüm zu ihr und nahm ihren Mund in seinen. In einem spontanen Ausbruch, entschlossen, bewußt und hungrig, kam der ganze Mann in ihm zum Vorschein. Mit einem Kuß nahm er sie in Besitz, behauptete seine Herrschaft.

Nachdem er ihren Mund genommen hatte und sie küßte, bis sie beide atemlos nebeneinander lagen, fühlte sie seinen Körper stark und warm an ihrem Körper, seine Leidenschaft unerbittlich.

Zögernd legte er seine Hand auf ihren Körper. Alles war ihm neu, der Nacken einer Frau, die Schultern, die Haken und Knöpfe.

Auf seinen Entdeckungsreisen überkamen ihn Momente der Unsicherheit, bis die Funken der Freude seine Hand führten.

Wo seine Hand sie berührte, hatte sie noch nie jemand berührt. Neue Zellen erwachten unter seinen sensiblen Fingern, die noch nie zuvor erweckt worden waren, um zu sagen: »Das ist dein.«

Eine Brust, die zum ersten Mal berührt wird, ist eine Brust, die noch nie vorher berührt wurde.

Er blickte sie mit seinen großen blauen Augen an, die nie geweint hatten, und ihre Augen badeten in Glanz und Klarheit, ihre Augen vergaßen, daß sie geweint hatten.

Er berührte ihre Wimpern mit seinen Wimpern, von denen keine ausgefallen waren, und ihre Wimpern, die von den Tränen davongespült worden waren, wurden erneuert.

Sein Haar, das noch nie zwischen fiebrigen Kissen zerdrückt worden war, von Alpträumen zerzaust, vermischte sich mit ihren Haaren und löste sich.

Wo Traurigkeit tiefe Höhlen gegraben hatte, versank sein jugendliches Drängen und griff nach den unendlichen Quellen der Wärme.

Nur vor dem letzten Geheimnis des Körpers hielt er inne.

Er hatte sich eingegraben, war eingedrungen, und jetzt hielt er inne.
Lag man still und zufrieden in dem geheimen Ort der Frau?
Sie lagen in völligem Schweigen.
Fieber erhob sich in ihm. Der Saft stieg empor. Die Körper spannten sich in Verlangen nach Heftigkeit.
Sie hob und senkte sich, und dies befreite in ihm den Wirbel der Begierde, einen Derwischtanz der silbernen Messer der Lust.
Als sie aus ihrer Trance erwachten, lächelten sie sich an. Aber er bewegte sich nicht. Sie lagen ineinander verschmolzen, Schlankheit auf Schlankheit, Beine wie Zwillingsbeine, Hüfte auf Hüfte.
Die Watte des Schweigens umhüllte, bedeckte ihre Körper mit Polstern der Sanftheit.
Die große Woge des Feuers, die sie getragen hatte, spülte sie zärtlich in kleinen Schaumkronen ans Ufer.

Auf dem Tisch stand eine große Vase mit Tulpen. Sie ging auf sie zu. Sie suchte etwas, was sie berühren konnte, in das sie ihre Freude gießen konnte, getragen von der Entzückung, die sie empfand.
Jeder Teil ihres Körpers, der von seinen Händen geöffnet worden war, verlangte danach, die ganze Welt in Harmonie mit ihren Gefühlen zu bringen.
Sie blickte auf die Tulpen, die so hermetisch verschlossen waren wie geheimnisvolle Gedichte, wie die Geheimnisse des Fleisches. Ihre Hände griffen nach den Tulpen, den gewöhnlichen Tulpen des Alltags, und langsam und zärtlich, Blütenblatt um Blütenblatt öffnete sie eine nach der anderen.
Aus einfachen Blumen waren exotische Blüten geworden, aus verschlossenen Geheimnissen geöffnetes Blühen.
Sie hörte Paul sagen: »Tu das nicht!«
In seiner Stimme lag große Furcht. Er wiederholte: »Tu das nicht!«
Sie spürte einen heftigen Stich der Angst. Warum war er so verstört?

Sie sah auf die Blumen. Sie sah auf Pauls Gesicht, das auf dem Kissen lag, umwölkt von Furcht, und sie wurde von Furcht ergriffen. Zu früh. Sie hatte ihn zu früh für die Liebe geöffnet. Er war noch nicht bereit.
Selbst mit Zärtlichkeit, selbst mit empfindsamen Fingern, selbst mit der größten Liebe, es war zu früh gewesen. Sie hatte die Zeit erzwungen, wie sie die Blumen gezwungen hatte, sich vom Gewöhnlichen in das Außergewöhnliche zu verwandeln. Er war nicht bereit!
Jetzt verstand sie ihr eigenes Zögern, ihren Impuls, vor ihm davonzulaufen. Obwohl er den ersten Schritt getan hatte, hätte sie, die es besser wußte, ihn vor der Angst bewahren müssen.
(Paul betrachtete die geöffneten Tulpen und sah in ihnen etwas anders. Nicht sich selbst, sondern Djuna, den sich öffnenden Körper Djunas. Sie darf die Blüten nicht öffnen, wie ich sie geöffnet habe. In der alles verschlingenden Woge des Schweigens, der Hypnose der Hände, der Haut und der Wonne hatte er ein schwaches Stöhnen gehört, aber in ihrem Gesicht hatte er Freude gesehen. Konnte das Eindringen sie verletzt haben? Diese Begierde war, als durchbohre man jemanden.)
»Ich werde mich jetzt anziehen«, sagte sie leichthin. Sie konnte die Tulpen nicht wieder schließen, aber sie konnte sich bekleiden. Sie konnte sich wieder schließen und ihm erlauben, sich wieder zu schließen.
Während er sie beobachtete, überkam ihn von neuem die heftige Woge der Erregung, die stärker war als seine Ängste. »Zieh dich noch nicht an.«
Wieder sah er auf ihrem Gesicht ein Lächeln, das er selbst in den Augenblicken größter Freude noch nie gesehen hatte, und er unterwarf sich dem Geheimnis und überließ sich seiner eigenen Freude.
Sein Herz schlug wild an ihrer Seite, wild vor Panik und Freude, einen Moment bevor er sie nahm. Dieses wild pochende Herz an ihrer Seite, das gegen ihr Herz pochte, und danach das rhythmische, wogende, blendende Ineinanderverschmelzen und später kein Auseinanderbrechen ihrer Körper.

Nach dem Sturm lag er völlig ruhig und still auf ihrem Körper, träumend, schweigend, als sei dies sein Hafen. Er lag hingegeben, verloren und verzaubert. Sie trug sein Gewicht mit Freude, obwohl es sie nach einer Weile drückte und schmerzte. Sie machte eine leichte Bewegung, und er fragte sie: »Zerdrücke ich dich?«

»Du machst aus mir eine dünne Oblate«, sagte sie lächelnd. Er lächelte zurück und lachte dann.

»Um so besser kann ich dich essen, mein Liebling.«

Er küßte sie von neuem, als wolle er sie mit Genuß verzehren. Dann stand er auf und schlug mühelos und übermütig einen Purzelbaum auf dem Teppich.

Sie legte sich zurück und beobachtete den kupfernen Vogel, der in der Mitte des Zimmers kreiste.

Seine Fröhlichkeit überwältigte ihn plötzlich, und er machte einen ausgelassenen Luftsprung, dann kam er zu ihr zurück und sagte:

»Ich werde meinen Vater anrufen!«

Sie verstand nicht. Er lehnte sich über ihren Körper, legte seine Hand auf ihre Brust und wählte die Telefonnummer seines Vaters.

Jetzt konnte sie auf seinem Gesicht erkennen, was er seinem Vater mitteilen wollte. Er wollte seinen Vater anrufen, ihm sagen, was nicht gesagt werden konnte, was sein ganzer neuer Körper ihm aber sagen wollte: »Ich habe mir eine Frau genommen. Ich habe eine eigene Frau. Ich bin dir ebenbürtig, Vater! Ich bin ein Mann!«

Als sein Vater sich meldete, konnte Paul nur das übliche hervorbringen, was ein Sohn seinem Vater sagt. Aber er stieß diese alltäglichen Worte mit übermütiger Arroganz hervor, als könne sein Vater sehen, daß seine Hand auf Djunas Körper lag: »Vater, ich bin hier.«

»Wo bist du?« fragte der Vater streng, »wir erwarten dich zu Hause. Wir erlauben dir, deine Freunde weiterhin zu besuchen, aber du mußt um deiner Mutter willen nach Hause zurückkommen. Deine Mutter hat für dich gekocht!«

Paul lachte. Er lachte, wie er als Knabe niemals gelacht hatte und bedeckte die Muschel des Hörers mit seiner Hand.

An einem solchen Tag erwarteten sie ihn zum Abendessen.
Sie waren blind für das Wunder. Durch das Telefon sollte sein Vater sehen und hören, daß er eine eigene Frau hatte.
Sie lag neben ihm und lächelte.
Wie kann der Vater wagen, ihm jetzt Befehle zu geben! Kann er die neue Stimme des neuen Mannes in seinem Sohn nicht hören?
Er legte auf.
Sein Haar fiel über seine blitzenden Augen. Djuna zog daran. Er hielt ihre Hand fest: »O nein, das kannst du jetzt nicht mehr tun.« Und er vergrub seine Zähne in die zarteste Stelle ihres Nackens.
»Du schärfst deine Zähne, um ein großer Liebhaber zu werden«, sagte sie.

Wenn die Begierde ihn übermannte, schlug sein Herz einen Augenblick lang stürmisch, wie aus Schmerz vor der anstürmenden Flut. Ehe er seine Augen schloß, um sie zu küssen, ehe er sich selbst verlor, schloß er stets sorgfältig die Läden, die Fenster und die Türen.
Dies war der geheime Akt, und er fürchtete die Augen der Welt auf sich. Die Welt war voller Augen, die seine Handlungen beobachteten: Augen, die ihn mißbilligend beobachteten.
Dies war die geheime Angst, die aus seiner Kindheit geblieben war: Träume, Wünsche, Handlungen, Vergnügungen, die in den Augen der Eltern Mißbilligung hervorrufen. Er konnte sich nicht an einen einzigen Blick der Zustimmung erinnern, der Liebe, der Bewunderung, des Einverständnisses. Er erinnerte sich, schon sehr früh in Heimlichkeiten getrieben worden zu sein, denn was er auch preisgab, schien Mißbilligung oder Strafen nach sich zu ziehen.
Er hatte Tausendundeine Nacht heimlich gelesen. Er hatte heimlich geraucht, heimlich geträumt.
Seine Eltern stellten ihm immer nur Fragen, um ihn hinterher zu tadeln.
Und so verschloß er die Fensterläden, Vorhänge, Fenster,

und dann kam er zu ihr, und beide schlossen ihre Augen vor ihren Zärtlichkeiten.
Auf dem Sofa lag eine gestrickte Decke, die er besonders liebte. Er setzte sich darunter, als sei sie ein Zelt. Durch die Löcher des Musters konnte er Djuna und das Zimmer wie durch orientalisches Gitterwerk sehen. Er streckte seine Hand unter der Decke hervor und versuchte, ihren kleinen Finger mit seinem kleinen Finger zu ergreifen und zu halten.
Wie in einem Opiumtraum wurde diese Berührung und das Ineinanderschlingen zweier kleiner Finger zu einer ungeheueren Geste. Die äußerst zerbrechliche Brücke ihrer Beziehung. Durch diesen kleinen Finger, der so leicht und so sanft an ihrem Finger zog, ergriff er von ihrem ganzen Ich Besitz, wie es noch niemand getan hatte.
Verträumt zog er sie unter die Decke, durch eine kleine Geste, die größte Macht besaß, eine größere Macht als Gewalt.
Dort fühlten sich beide vor der ganzen Welt sicher, vor allen Bedrohungen, vor dem Vater, dem Detektiv und vor allen Tabus, die auf der ganzen Welt errichtet werden, um Liebende zu trennen.

Lawrence kam aufgeregt, um sie zu warnen. Er erzählte, Pauls Vater sei in der Nachbarschaft gesehen worden.
Paul und Djuna wollten noch zu Abend essen und zusammen ins Ballett gehen.
Paul hatte Djuna einen Vogel als Haarschmuck geschenkt und das Gefieder bemalt. Sie war gerade dabei, sich den Vogel anzustecken, als Lawrence mit der Warnung kam.
Paul wurde etwas blasser, lächelte und sagte: »Hostie, falls mein Vater kommen sollte … könntest du dich etwas weniger hübsch machen?«
Djuna eilte ins Badezimmer, wusch das Make-up von ihrem Gesicht und nahm den leichten Federschmuck aus ihren Haaren. Dann warteten sie auf den Vater.
Djuna sagte: »Ich werde euch die Geschichte von Kaspar

Hauser erzählen, die sich vor vielen Jahren in Österreich ereignet haben soll. Kaspar Hauser war etwa siebzehn Jahre alt, als er verloren und verwirrt in der Stadt umherirrte. Von Kindheit an war er in einem dunklen Raum gefangen gehalten worden. Seine Herkunft und der Grund für seine Gefangenschaft waren unbekannt. Man vermutete eine Intrige am Hof. Vielleicht hatte man ihn beiseite geschafft, um einen anderen an die Herrschaft zu bringen, vielleicht war er auch ein illegitimer Sohn der Königin. Sein Gefängniswärter starb, und der Junge befand sich plötzlich in Freiheit. In der Einsamkeit war er zum Mann herangewachsen, aber er war Kind geblieben. Er besaß nur einen Traum, den er in seiner Erinnerung bewahrt hatte. Einst lebte er in einem Schloß. Er wurde in ein Zimmer gebracht, um seine Mutter zu sehen. Seine Mutter stand hinter einer Tür. Aber er war nie bis zu ihr vorgedrungen. War es ein Traum oder eine Erinnerung? Er wollte dieses Schloß wiederfinden, und er wollte seine Mutter wiederfinden. Die Menschen der Stadt betrachteten ihn als Kuriosität und nahmen ihn auf. Seine Ehrlichkeit, seine Direktheit, sein Instinkt für Menschen, der wie der Instinkt eines Kindes war, verärgerte und interessierte sie gleichermaßen. Sie versuchten, ihn zu beeinflussen. Sie wollten ihm ihre Vorstellungen aufzwingen, ihn lehren und Besitz von ihm ergreifen. Aber Kaspar Hauser spürte ihre Falschheit, ihre bösen Absichten und ihren Egoismus. Er gehörte seinem Traum. Er schenkte sein ganzes Vertrauen nur einem Mann, der versprach, ihn nach Hause zu seiner Mutter zu bringen. Und dieser Mann verriet ihn und übergab ihn seinen Feinden. Kurz vor seinem Tod traf er auf eine Frau, die nicht gewagt hatte, ihn zu lieben, weil er so jung war. Sie hatte ihre Gefühle unterdrückt. Aber wenn sie gewagt hätte, ihn zu lieben, wäre er vielleicht seinem Schicksal entronnen.«
»Weshalb hat sie es nicht gewagt?« fragte Paul.
»Sie sah nur die Schwierigkeiten«, sagte Djuna, »die meisten Menschen sehen nur die Schwierigkeiten und lassen sich von ihnen entmutigen.«
(Kein Leid kann dir jetzt widerfahren. Kein Leid kann dir

widerfahren. Du bist befreit worden. Du hast den Anfang gemeistert. Du bist vom ersten Menschen deines Verlangens geliebt worden. Dein erstes Verlangen wurde erfüllt. Ich hatte so einen schlechten Anfang. Ich stand vor einer verschlossenen Tür. Das hat mir geschadet. Aber wenigstens du hast Erfüllung gefunden. Du bist nicht verletzt worden. Du bist nicht abgewiesen worden. Nur ich bin in Gefahr. Denn das ist alles, was ich dir geben darf. Einen guten Anfang, dann muß ich dich aufgeben.)
Sie saßen und warteten auf den Vater.
Lawrence verließ sie. Die Ungewißheit machte ihn nervös.
Paul zeigte Djuna, wie man Reis mit Stäbchen ißt. Danach säuberte er die Stäbchen sorgfältig, und während sie sich unterhielten, spielte er mit ihnen, als seien es Marionetten, die ein balinesisches Schattentheater der Gedanken aufführten, die keiner auszusprechen wagte.
Sie saßen und warteten auf den Vater.
Paul führte die Stäbchen, als seien es ungezogene, gestikulierende Puppen. Dann öffnete er spielerisch und geschickt mit ihnen den ersten Knopf ihrer Bluse, und beide lachten.
»Es ist Zeit für das Ballett«, sagte Djuna, »dein Vater kommt offensichtlich nicht, denn sonst wäre er bereits hier.«
Sie sah, wie das Verlangen sein Gesicht aufleuchten ließ.
»Warte Djuna.« Er öffnete den zweiten Knopf und den dritten Knopf.
Dann legte er seinen Kopf an ihre Brust und sagte: »Laß uns heute Abend nicht ausgehen, laß uns hierbleiben.«

Paul verachtete kleine und flache Wellen. Er wurde vom Übermaß angezogen, das mit seinen grenzenlosen Träumen im Einklang stand. Er mußte die Welt auf irgendeine großartige Weise besitzen, ein riesiges Königreich regieren und sich in einem absoluten Vollzug verwirklichen.
Er fühlte sich als König, wie sich ein Kind als König über Königreiche empfindet, die gewöhnlichen Sterblichen unbekannt sind. Er wollte nicht das Alltägliche, das Be-

kannte. Nur das Übermaß und das Unbekannte konnten ihn zufriedenstellen.
Djuna war eine Frau, deren Echos aus einer grenzenlosen Vergangenheit zurückgeworfen wurden, die er nie völlig erforschen konnte. Wenn er sie schmeckte, schmeckte er ein Leiden, das einen Wohlgeruch verströmte, einen Duft, der tiefere Spuren hinterließ. Es genügte, daß er die dunklen Wälder der Erfahrung ahnte, namenlose Flüsse, rätselhafte Gebirge, die reichen Schätze in der Tiefe, die überfließenden Höhlen geheimen Wissens. Für einen furchtlosen Abenteurer war dies ein Reich ohne Grenzen.
Vor allem war sie sein »Ozean«, wie er ihr schrieb. »Wenn ein Mann sich eine Frau nimmt, dann besitzt er das Meer.«
Die Wogen, die ungeheuren Wogen der Liebe einer Frau.
Sie war ein Meer, dessen Leidenschaften sich manchmal zu so großen Wellen türmen konnten, daß er glaubte, sie könnten ihn verschlingen!
Obwohl er die Gefahr liebte, das Unbekannte, das Übermaß, spürte er auch den Zwang zu fliehen, Entfernung und Raum zwischen sich und den Ozean zu bringen, aus Angst unterzugehen!
Flucht: in Schweigen, in einer Art Unsichtbarkeit, wobei er auf dem Boden sitzen konnte und gleichzeitig den Eindruck von Abwesenheit vermittelte. Er war in der Lage, in einem Buch zu verschwinden, in einem Gemälde, in der Musik, die er hörte.
Sie betrachtete seinen kleinen Finger. Die außergewöhnliche Zerbrechlichkeit und Sensibilität erstaunten sie.
(Er ist das transparente Kind.)
Angesichts dieses transparenten Fingers, der so vollkommen und empfindsam geformt war, der so zarte Knochen hatte, der Gegenstände mit einem Hauch von Magie umgab, wenn er sie berührte. Angesichts dieses Wunders und seiner Vergänglichkeit erhob sich in ihr eine Woge der Leidenschaft, wie die Woge des Meeres, die den Schwimmer nur in einer Explosion von Schaum überrennen will, ihn bedecken will, in einem Rhythmus von Umfassen und Zu-

rückfließen, aber ohne die Absicht, den Schwimmenden auf den Grund zu ziehen.
Aber Paul, mit dem Instinkt des Schwimmers, der erst vor kurzem schwimmen gelernt hat, wußte, daß er sich manchmal mitten in die Welle werfen konnte, von ihr in die Ekstase emporgehoben, sicher und unversehrt an das Ufer zurückgebracht wurde. Aber es gab Augenblicke, in denen diese große, sich überschlagende Welle einen Sog verbarg, Momente, in denen er seine Stärke maß und sie nicht ausreichend fand, um an das Ufer zurückzukehren.
Dann nahm er die leichteren Spiele wieder auf, die Spiele seiner erst vor kurzem abgeworfenen Kindheit.
Djuna fand ihn, wie er sich ernsthaft über eine Zeichnung beugte. Aber nicht das machte seine Zurückgezogenheit deutlich, sondern seine Art zu sitzen: hermetisch verschlossen wie ein geheimnisvolles chinesisches Kästchen, dessen Außenseiten nicht erkennen lassen, wie man es öffnen kann.
Dann saß er wie Kinder sitzen, umzäunt von seiner eigenen, einsamen Welt, hinter einer magnetischen Mauer der Abgeschiedenheit, die er selbst errichtet hatte.
In solchen Augenblicken praktizierte er so geschickt wie ältere Männer die große Objektivität, den Weitblick, durch den Männer allen persönlichen Schwierigkeiten aus dem Weg gehen. Er entzog sich der Gegenwart und dem Persönlichen, indem er sich in die abstrusesten Kompliziertheiten eines Schachspiels verstieg, indem er Djuna erklärte, was Darwin geschrieben hatte, als er das Auge mit einem Mikroskop verglich, indem er über die Pleuronectidae oder Plattfische dozierte, die wegen ihrer asymmetrischen Körper so bemerkenswert sind.
Und Djuna folgte ihm auf diese Safaris, in diese Welt der Wissenschaft, der Chemie und Geologie mit einem Unbehagen, das nicht auf eine Trägheit des Geistes zurückzuführen war, sondern auf die Tatsache, daß die große Woge der Leidenschaft, die durch den zu langen Blick auf Pauls kleinen Finger in ihr aufgestiegen war, sich so schwer eindämmen ließ. Denn die Empfindung des Wunderbaren

angesichts dieses Schauspiels war so groß wie die eines Bergsteigers angesichts eines neuen Berggipfels oder eines Wissenschaftlers, der vor einer neuen Entdeckung steht.

Sie wußte, welche Erregung Männer in solchen Augenblicken ihres Lebens erfaßt, aber sie konnte keinen Unterschied zwischen der Schönheit eines Fluges hoch über den Wolken und der sanft getönten und sich verändernden Landschaft der Jugend erkennen, die sie bei der Betrachtung von Pauls kleinem Finger durchquerte.

Ein anthropologischer Bericht über Ausgrabungen in Peru war für sie nicht wunderbarer, als die halbgeformten Träume aus Pauls vagen Worten mit Geduld auszugraben. Träume, von denen sie nur den Prolog verstehen konnte. Kein Wald edler Bäume konnte vielgestaltiger sein als die Schwingungen von Pauls äußerster Verletzlichkeit, die ihn immer zwang, Schutz zu suchen, seine Gefühle zu verbergen, zwischen großem Mut und einer geheimen Furcht vor Schmerz hin und her zu pendeln.

Die Geburt seines Bewußtseins war nicht weniger wunderbar für sie als die Entdeckungen der Chemie, seine Stimmungsschwankungen, die rätselhaften Anwandlungen von Zorn; die plötzliche Ruhe war für sie genauso bemerkenswert wie die Studien entfernter Klimazonen.

Aber, wenn er angesichts einer zu hohen Woge, deren Kamm mehr zu sein schien als eine Ekstase aus Schaum, die über der wunderbaren Form seiner Hand zusammenschlug, eine Woge, deren Wölbung mehr zu sein schien als ein flüchtiger Schoß, in dem er für Bruchteile von Sekunden, für die Dauer eines Orgasmus liegen konnte, wenn er wie ein geheimnisvolles chinesisches Kästchen vor ihr saß, dessen Oberfläche keine Öffnung für das Eindringen der Zärtlichkeiten oder der Flut der Leidenschaft erkennen ließ, dann zerbrach ihr stärkerer Impuls mit einer seltsamen Pein in eine Vielzahl kleine Wellen, auf denen frivole Sonnenflecken spielten. Insgeheim war sie beschämt über die ungeheure Distanz zu diesem jungen Mann, der vor ihr saß und ihr alles anbot, was er besaß: seine aufflackernde Männlichkeit, seine uner-

meßlichen Träume und seine Furcht vor der eigenen Entwicklung, sein Erwachsenwerden und die Furcht vor dem Erwachsenwerden, das ihn aus dem Garten der Kindheit herausführte.
Wenn sich die große Welle in kleinere Wellen aufgelöst hatte, und wenn sich Paul von der Gefahr befreit fühlte, auf den Grund gezogen zu werden, frei von dieser Furcht des Besitzens und des Besessenwerdens, die das Geheimnis der Jugend ist, wenn er durch diesen Rückzug seine Stärke wiedergefunden hatte, dann begann er, sie zu nekken und ihre Wärme wiederzuerwecken. Und wenn er sich stark genug fühlte, ließ er sich hineinfallen, um sich darin zu verlieren, um die Berauschung des Mannes zu erleben, der das Meer erobert hat...
Dann schrieb er ihr überschwenglich: »Du bist das Meer...«
Aber sie konnte in ihm die kleinen Wellen sehen, die Kraft für die Zukunft sammelten, die sich auf den Augenblick vorbereiteten, in dem er derjenige sein würde, der hineinzog.
Dann schien er nicht mehr der zartgliedrige Junge mit den verträumten Gesten zu sein, sondern der junge Mann, der Szenen seiner künftigen Herrschaft probt.

Er trug einen weißen Schal in den grauen Straßen der Stadt, einen weißen Schal der Immunität. Der Kopf über dem weißen Schal war der Kopf des Träumers, der durch die Stadt geht und dank weißer Magie nur das aufnimmt, hört und sieht, was mit seinen inneren Bedürfnissen harmoniert, und der sich langsam und allmählich seine eigene Welt errichtet, wie es letztlich jeder Mensch tut. Er erschuf sich seine eigene Welt aus dem vorhandenen Material, und es war ihm die Freiheit der Wahl erlaubt.
Der weiße Schal sicherte ihn gegen die unzähligen Dinge, die ihm nichts anhaben konnten: erstickte Bäume, zerbrochene Fensterscheiben, Krüppel, auf die Wände gemalte Obszönitäten, die lasziven Worte der Betrunkenen, die Ausdünstungen, Krankheiten und Verderbtheiten der Stadt. Er sah und hörte sie nicht.

Nachdem er die verlassenen Straßen durchquert hatte, eingeschlossen in seinen inneren Traum, öffnete er seine Augen, um einem Drehorgelspieler und seinem Äffchen zuzusehen.
Was er mit nach Hause brachte, waren irgendwelche Dinge, durch die Männer glauben, der Mittelmäßigkeit zu entgehen: ein Buch, ein Bild, ein Musikstück, um seine Vision der Welt zu verändern, zu erweitern und zu vertiefen. Der weiße Schal log nicht. Er war die angemessene Flagge seiner Reisen.
Sein Kopf, der sehr passend in den weißen Falten ruhte, war stets unbefleckt. Paul konnte durch die Gosse gehen, er konnte durch Krankenhäuser und Gefängnisse gehen, und nichts davon blieb an ihm haften. Wenn er zurückkehrte, verströmten sein Mantel, sein Atem und sein Haar noch immer den Duft seines Traumes.
Dies war der einzige jungfräuliche Wald, den die Menschen kennen: diese Reinheit durch Auswahl.
Wenn Paul mit seinem leuchtend weißen Schal zurückkehrte, schimmerte in seinen Falten all das, was er abgewiesen hatte.
Ihn überraschte das Interesse älterer Menschen.
Er wußte nicht, daß er im Besitz von etwas war, das sie gerne besessen hätten. Er wußte nicht, daß sie in seiner Gegenwart gewaltsam zu ihrem ersten Traum zurückgeholt wurden.
Da er am Eingang des Labyrinths stand und nicht in der Mitte, machte er allen die Wegkreuzung bewußt, an der sie sich verloren hatten.
Durch Paul, der am Eingang des Irrgartens stand, erinnerten sie sich wieder an den Anfang ihrer Reise. Sie erinnerten sich wieder an ihr erstes Ziel, an ihre ersten Vorstellungen und an ihre ersten Wünsche.
Sie wollten sich seinen weißen Schal umlegen und wieder von vorne beginnen.
Und doch empfand Djuna heute eine andere Reinheit. Eine größere Reinheit, die die darin lag, vom eigenen Ich zu geben. Sie fühlte sich rein, wenn sie sich gab, und Paul fühlte sich rein, wenn er sich zurückzog.

Die Tränen seiner Mutter, die gezügeltere Strenge seines Vaters ließen ihn wieder nach Hause zurückkehren.
Sein achtzehnter Geburtstag kam, und es war der Geburtstag, den sie nicht zusammen verbringen konnten. Denn dieser Geburtstag vollzog sich in der Wirklichkeit und war für seine Eltern erkennbar. Dagegen hatte er mit Djuna so viele Geburtstage verbracht, die seine Eltern mit ihrem geringen Wissen über ihn nicht hatten beobachten können.
Sie waren an dem Geburtstag seiner Mannbarkeit nicht anwesend gewesen, dem Geburtstag seines schelmischen, humorvollen Ich, seiner ersten Trunkenheit und seines ersten Erfolgs auf einer Party. Oder an seinem Geburtstag seines beredten Ich über Dichtung, Malerei und Musik; oder dem Geburtstag seiner Einbildungskraft, seiner Phantasie, seines neuerworbenen Wissens von Menschen, seiner neuerworbenen Sicherheiten und Entdeckung unbekannter Kräfte, die in ihm ruhten.
Diese Folge von Geburtstagen, die sich ereignet hatten, seit er von zu Hause weggegangen war, war das ergreifendste Fest, an dem Djuna je teilgenommen hatte. Es war das Schauspiel unvorhersehbaren Blühens, das Schauspiel zerbrechender Schalen, die seine Persönlichkeit umgaben, das Schauspiel des auftauchenden Mannes.
Aber seinen wirklichen Geburtstag konnten sie nicht miteinander verbringen.
Seine Mutter kochte für ihn, und er spielte Schach mit seinem Vater – seine Eltern, die ihn weniger liebten, und die ihn mit Verboten gefesselt und unterdrückt, die seine Mannbarkeit hinausgezögert hatten.
Seine Mutter hatte für ihn einen Geburtstagskuchen gebacken, gepudert und verziert mit Warnungen gegen Entwicklung, mit Warnung gegen neue Freunde. Sie umgab ihn mit einer Einfassung wie einen symmetrischen Garten, als wolle sie allen Besitz markieren, mit dem man das Abenteuer verfemte.
Sein Vater spielte schweigend mit ihm Schach und machte dabei in den sorgfältig berechneten Zügen sein Urteil über die launischen Sprünge des Herzens deutlich, die Kaprio-

len des Körpers und vor allem sein Urteil über diese Impulse, die zu Pauls Dasein geführt hatten, den Akt der Vereinigung, aus dem der strahlende junge Mann hervorgegangen war, der an ihrem Tisch aß.
Der Kuchen, den sie ihm vorsetzten, war der Kuchen der Vorsicht: Fürchte alle Menschen und mißtraue den Absichten aller Männer und Frauen, die nicht zur guten Gesellschaft zählen!
Die Kerzen wurden nicht angezündet, um seine künftige Freiheit zu feiern. Sie brannten, um zu sagen: Nur im Lichtkreis dieser brennenden Geburtstagskerzen, nur im Umkreis von Vater und Mutter bist du wirklich sicher!
Ein kleiner Kreis. Und außerhalb dieses Kreises liegt nur das Böse.
Und so aß er den Geburtstagskuchen, den seine Mutter gebacken hatte, und der alle Zaubermittel gegen Liebe, Entwicklung und Freiheit enthielt, die das weiße Voodoo kennt.
Ein Kuchen, um das Kind davon abzuhalten und davor zu bewahren, ein Mann zu werden.
Keine Nächte mehr zusammen, obwohl es die einzige Hochzeitszeremonie aller Liebenden ist, den Morgen zusammen zu erleben.
Aber eines Tages kam er zu ihr zurück und brachte einen Koffer mit seiner Wäsche. Bei seiner Rückkehr nach Hause hatte er die Wäsche mitgenommen, um sie waschen zu lassen, und seine Mutter hatte zu ihm gesagt: »Bring sie zurück. Ich werde keine Wäsche waschen, die du beschmutzt hast, während du mit Fremden zusammenlebtest.«
So brachte er sie schweigend zu Djuna zurück, zu seiner größeren Liebe, die sich gerne um seine Sachen kümmerte, wenn es sich dabei um Wäsche handelte, die er während seiner Erfahrung mit der Freiheit schmutzig gemacht hatte. Seine kleinen Hemden zu sehen.
Es schmerzte sie. Sie waren wie Anzeichen von Gefahren, die sie nicht von ihm abwenden konnte. Er war noch immer klein genug, jung genug, um von Tyrannei unterworfen zu werden.

Sie hörten zusammen die Symphonie in d-Moll von César Franck.
Und dabei verschmolzen die widerstreitenden Ichs in Djuna zu einem Gefühl, wie es sich bei solchen musikalischen Kreuzwegen einstellt.
Das Thema der Symphonie war Sanftheit.
Sie hatte sie zum ersten Mal im Alter von sechzehn Jahren an einem regnerischen Nachmittag gehört, und sie verband mit dieser Symphonie die erste Erfahrung der Liebe; einer Liebe ohne Höhepunkt, die sie mit Michael kennengelernt hatte. Diese Musik verwob sich mit ihrer ersten Vorstellung vom Wesen der Liebe, der Vorstellung von höchster und grenzenloser Sanftheit.
In César Francks Symphonie lag eine intuitive Verzükkung, ein Auflösen in Gefühle und jeder Vermeidung von Gewalt. Immer und immer wieder wird in diesem musikalischen Anstieg des Gefühls die Treppe der Leidenschaft erklommen und wieder verlassen, bevor es zu einer Explosion kommt.
Eine zwanghafte Rückkehr zu kleineren Themen, die eine unendliche Ruhe verbreiten. Mit sechzehn Jahren hatte sie geglaubt, daß die ganze Erfahrung der Liebe in dieser sanft dahinfließenden Droge enthalten sei, in den zarten Spiralen, Kadenzen und Schwingungen dieser Musik.
César Franck übermittelte Botschaften der Sanftheit und des Vertrauens. Er begleitete damit Pauls Gesten und Gebärden, und deshalb vertraute sie ihm, vertraute einer Leidenschaft ohne die Stürme der Zerstörung.
Sie hatte solche nebelhaften Landschaften, solche wirbelnden Spiralen ohne Explosion gesucht: die Droge.
Beim Hören dieser fließenden und doch nicht fließenden Synchronie (denn es gab ein unveränderliches Schema, in dem sie eingeschlossen blieb, vergleichbar dem vermauerten Zimmer ihres Hauses, das ein Mysterium der Ruhe umschloß) sah Djuna den Obelisken auf der Place de la Concorde, den steinernen Pfeil, der im Mittelpunkt eines liebenswürdigen, turbulenten Platzes steht, eingerahmt von Gärten, Fontänen, vom endlosen Strom der Automobile. Ein spitzer Pfeil aus Stein, der die Nacht durchbohrt,

den Nebel, den Regen, die Sonne, der zielsicher in die Wolken weist.
Und dort gab es eine kleine verrückte Frau. Sie hieß Mathilda, und alle kannten sie. Sie kam jeden Morgen und setzte sich auf eine der Bänke in der Nähe des Flusses, dort blieb sie den ganzen Tag und beobachtete die Passanten. Ab und zu aß sie wie die Tauben ein paar undefinierbare Krümel, die sie aus einer Papiertüte hervorholte. Ihr Anblick war den Polizisten, den Touristen und den Anwohnern so vertraut, daß es aufgefallen wäre und verwirrt hätte, sie nicht zu sehen, als sei der Obelisk verschwunden und der Platz läge leer.
Man kannte Mathildas Ausdauer, mit der sie winters und sommers dort saß, ihre Gleichgültigkeit gegenüber jedem Wetter, ihre vagen Antworten auf die Fragen der Leute, die den Grund für ihre Anwesenheit, ihre unermüdliche Aufmerksamkeit erfahren wollten, als habe sie ein Rendezvous mit der Ewigkeit.
Erst bei Sonnenuntergang verschwand sie, manchmal freundlich von einem Polizisten dazu aufgefordert.
Da ihre Kleider nie zu ungepflegt wirkten und sie auch immer gesund zu sein schien, vermuteten alle, sie habe ein Zuhause, und niemand machte sich Sorgen um sie.
Djuna hatte sich einmal neben sie gesetzt, und anfangs hatte Mathilda nicht mit ihr gesprochen. Sie unterhielt sich mit den Tauben und dem fallenden Herbstlaub, sie murmelte und flüsterte abwechselnd. Dann sagte sie plötzlich, einfach und verständlich zu Djuna: »Mein Geliebter hat mich hier sitzenlassen und gesagt, er käme zurück.«
(Der Polizist hatte gesagt: »Ich sehe sie seit zwanzig Jahren dort sitzen.«)
Djuna fragte: »Wie lange sitzen Sie schon hier und warten?«
»Ich weiß nicht.«
Sie aß von dem Brot, mit dem sie auch die Tauben fütterte. Ihr Gesicht hatte Falten, aber es war nicht gealtert. Durch die Falten leuchtete ein Ausdruck, der nicht von Alter sprach. Es war der Ausdruck aufmerksamen War-

tens, der Aufmerksamkeit und Erwartung einer jungen Frau.

»Er wird zurückkommen«, sagte sie, und zum ersten Mal überflog ein Widerschein von Trotz die Blässe ihres Gesichts, die Blässe der Beobachterin, der Einsiedlerin, die ohne eine vertraute Beziehung lebt, die ihr Blut schneller fließen lassen könnte. Dieser leere Ausdruck all jener, die die vorbeigehende Menge ansehen, ohne dabei jemals ein Gesicht wiederzuerkennen.

»Natürlich wird er wiederkommen«, sagte Djuna. Sie konnte es nicht ertragen, auch nur den Schatten einer Ängstlichkeit auf dem Gesicht dieser Frau zu sehen.

Auf Mathildas Gesicht erschien wieder der gewohnte Ausdruck von Gelassenheit und Geduld.

»Er hat mir gesagt, ich soll hier sitzenbleiben und warten.«

Ein tödlicher Schlag hatte den Fluß ihres Lebens angehalten, aber er hatte sie nicht zerstört. Er hatte lediglich ihr Zeitempfinden gelähmt, und sie saß dort und wartete auf den verlorenen Geliebten, und die Jahre wurden durch die Betäubung, die der abgetötete Zeitnerv bewirkte, ausgelöscht. Fünf Minuten wurden zu einer Unendlichkeit und hielten sie am Leben, lebendig und geisterhaft. Die Zelle des Zeitempfindens, diese kleine Uhr in ihrem Gehirn war für immer zerstört.

Eine Uhr ohne Zifferblatt, deren Zeiger Angst anzeigten. Und mit der Zeit war Schmerz verkettet, in derselben Zelle beheimatet, Nachbarn und Zwillinge, Zeit und Schmerz in einer mehr oder weniger engen Beziehung.

Und übriggeblieben war die Schale einer Frau, die immun gegen Kälte und Hitze war, betäubt durch einen großen Verlust, zu Unbeweglichkeit und Zeitlosigkeit verdammt.

Während Djuna neben Mathilda saß, hörte sie die Echos der zerbrochenen Zelle auf der kleinen Seelenbühne ihres eigenen Herzens, so gut inszeniert, so rein und klar, und sie fragte sich, ob ihr nicht ein ebenso großer Schaden zugefügt worden war, als ihr Vater in einem seiner Zornesausbrüche das Haus für immer verlassen hatte. Und sie

fragte sich, ob nicht ein Teil ihres Wesens dadurch verkümmert war und sie daran hinderte, völlige Offenheit und ungehemmte Entwicklung im Leben zu erreichen.
Durch diesen Akt des Verlassens hatte er in Djunas Wesen eine Zelle zerstört. Es war der Akt des Verrats einer grausamen Welt, der sie gegen alle Väter aufbrachte, während sie gleichzeitig die gefährliche Hoffnung auf einen Vater aufrechterhielt, der in der Verkleidung der Männer zurückkehren würde, die ihm ähnelten, um diesen Akt des Zorns von neuem zu vollziehen.
Es genügte, daß ein Mann gewisse Attribute des Vaters besaß – jeder Mann, der Macht besaß –, und ihr Wesen wurde von der Furcht ergriffen, diese schreckliche Situation würde sich unausweichlich wiederholen: Besitzergreifen, Lieben, Verlassen, und sie säße wie Mathilda auf einer Bank, wo sie auf die Lösung des Knotens warten mußte.
Wenn sie zurückblickte, erkannte sie, daß es eine folgenschwere Stockung im Fluß gegeben hatte, eine Veränderung ihres Handelns.
Jeder autoritäre Schritt verkündete die Rückkehr des Vaters und der Gefahr. Denn die letzten Worte des Vaters waren gewesen: »Ich werde zurückkommen.«
Mathilda war schwer verletzt worden. Der Lebensfluß war zum Stillstand gekommen. Sie hatte das erste Bild zurückbehalten: das Bewußtsein warten zu müssen. Die letzten Worte ihres Geliebten waren zu einem Befehl für die Ewigkeit geworden: »Warte, bis ich zurückkomme!«
Als habe ein geschickter Hypnotiseur diese Worte gesprochen, der danach alle ihre Verbindungen zum Leben abgeschnitten hatte, so daß ihr noch nicht einmal der Trost blieb, den andere verlassene Menschen haben, die Fähigkeit, diese Liebe auf andere zu übertragen, den Befehl zu mißachten, das Leben mit anderen wiederaufzunehmen und die erste Liebe zu vergessen.
Mathilda war gnädig gebannt, und die Zeit war für sie außer Kraft gesetzt worden. Sie wurde unempfindlich gegen Schmerz.

Aber nicht Djuna.
In Djuna war die Wunde offen geblieben, und immer, wenn das Leben an diese Wunde rührte, hielt sie den Schmerz, den sie empfand, fälschlicherweise für den Schmerz, lebendig zu sein. Ihr Schmerz warnte sie und verführte sie dazu, sich von dem Mann, dem Vater abzuwenden und sich dem Mann, dem Sohn zuzuwenden.
Sie konnte deutlich die Zellen ihres Wesens sehen wie die Räume ihres Hauses, die erblüht waren, bereichert, entwickelt, und die sich weit über alle Erfahrungen hinaus erstreckten. Aber sie konnte auch die Zelle ihres Wesens sehen, die wie der vermauerte Raum ihres Hauses war, in dem die Gewalt wohnte, als sei die Gewalt in ihr aus Angst vor der Katastrophe verdammt und ausgeschlossen worden.
In ihrem Wesen gab es eine kleine Zelle, in der sie noch immer als Kind lebte, und die sich nur durch einen subtilen Zorn in Gegenwart des Vaters bemerkbar machte. Denn in der Beziehung zu ihm verlor sie ihre Stärke, ihre Selbstsicherheit – sie wurde wieder klein und kehrte zu ihrem früheren Zustand der Hilflosigkeit und Abhängigkeit zurück.
Und da sie das tragische Resultat ihrer Abhängigkeit kannte, überkam sie Feindseligkeit, und ihr Verhalten gegenüber Männern der Macht starrte vor Feindseligekeit, ein unmittelbares Bedürfnis, Gewalt auszuschließen.
Paul und Djuna hörten die Symphonie in d-Moll von César Franck in diesem kleinen Raum der Zartheit und des Vertrauens, der Gewalt aus der Welt der Liebe aussperrte. Sie suchten eine Droge gegen Zerstörung und Verrat.
Deshalb hatte sie sich mit dem Sohn gegen den Vater verbündet. Er war dagewesen, um die Begierde zu verbieten, und hatte sie durch das Verbot vergrößert. Er war dagewesen, groß und streng, um das zarte, kostbare Band zu bedrohen und die Hoffnungslosigkeit deutlich zu machen, und so wurde jede Begegnung zu einem Aufschub von Tod und Verlust.
Die Sätze der Symphonie und ihre eigenen Bewegungen waren immer wie Pauls Rhythmus gewesen, ein Ballett

der Schwingungen, der peripheren Auftritte und Abgänge, Figuren, die so beschaffen waren, daß sie in Augenblicken der Gefahr unsichtbar wurden, die mit dem beflügelten Wissen der Vögel ihre Kreise zogen, um Zusammenstöße mit Gewalt und Strenge zu vermeiden. Zusammen hatten sie sich in die Luft erhoben, um Hindernissen auszuweichen.

Das Café

Die Cafés waren wie die Schatzkammern, die Höhlen des Ali Baba. Die Cafés waren reicher als die orientalischen Städte. Im Orient breitet sich das Leben offen vor den Augen der Menschen aus. Der pralle Alltag bietet sich Nase und Händen zum Berühren und Riechen an. Dort kann man zusehen, wie Schuhe entstehen, vom Enthäuten der Tiere bis zum Polieren des Leders. Man kann das Weben der Stoffe beobachten und das Färben in Bottichen, in denen alle erdenklichen Farben stehen. Man sieht dem Schreiber zu, der für den Schreibunkundigen Liebesbriefe schreibt. Der Philosoph meditiert, der Gläubige singt kniend seine Gebete, die Leprösen zerfallen unter den Augen, in Reichweite der Hände.

In den Cafés konnte man mit einem Franc für ein Glas Wein oder sogar weniger für einen Kaffee Geschichten von den Pampas hören, teilhaben an afrikanischen Voodoogeheimnissen, die Seiten eines Buches lesen, das gerade geschrieben wurde, ein Gedicht hören, das ersterbende Geschwätz eines Aristokraten, die Lebensgeschichte eines Revolutionärs. Man konnte das gesummte Thema einer Symphonie hören, die Finger eines Jazzmusikers beobachten, der auf dem Tisch trommelte, die Einladung eines Malers annehmen, der einen mit in den Zoo nehmen wollte, um die Schlangen bei ihrer täglichen Mahlzeit weißer Mäuse zu beobachten, einen verschwiegenen Hindu über okkulte Wege befragen, oder man traf einen Abenteurer, der einen auf seinem Segelboot rund um die Welt mitnehmen wollte.

Die kühle Herbstluft wurde von kleinen Kohleöfchen vor verglasten Wänden erwärmt.

Ein sanfter Regen legte sich wie eine stumme Decke über die Stadt. Der Regen ließ sie intim werden wie ein Zimmer, schloß Himmel und Sonne aus wie zugezogene Vorhänge. Die Lampen wurden früher entzündet, und in den Kaminen wurden freundliche Feuer entfacht. Der Regen drängte die Menschen sanft dazu zusammenzurücken. Er ermunterte sie, Worte hervorzuzaubern und aus ihren eigenen Körpern sprühende Farben, die zu Licht wurden, zu Feuern, zu Blüten und tropischen Festen.

Das Café war das Gewächshaus, das schwer mit all den verbotenen Ölen und den unerlaubten Moschusdüften parfümiert war. Das reiche Blühen wurde durch das Eingeschlossensein, die Wärme und das Durcheinander aller Rassen begünstigt ...

Hier gab es keine Sonnenuntergänge, keine Morgendämmerung, aber die Ausstellung von Gemälden, die in ihrer ganzen Prachtentfaltung mit Sonnenuntergängen und Morgendämmerungen konkurrieren konnten; es gab Ströme aus Worten, Wälder aus Skulpturen und riesige Pyramiden von Persönlichkeiten. Hier gab es kein Bedürfnis nach Gärten. Die Stadt und die Cafés wurden intim wie ein Zimmer, das mit Teppichen ausgelegt ist. Das Café war gepolstert und begünstigte das Vermischen der inneren Landschaften der Menschen, ihrer vielfältigen, geheimnisvollen Wünsche, die sich wie Ellbogen von Tisch zu Tisch berührten. Der *Garçon* trug nicht nur randvolle Gläser, sondern wie die Diener in alten arabischen Märchen zahllose Botschaften und Mitteilungen.

Tag und Nacht stießen in der Dämmerung sanft aufeinander und versprühten erotische Funken.

Tag und Nacht trafen sich auf den Boulevards.

Sabina durchbrach immer wieder alle Formen, die das Leben um sie herum bildete. Sie überschritt immer Grenzen, verwischte Identifikationen.

Sie konnte es nicht ertragen, eine ständige Adresse zu haben oder ihre Telefonnummer preiszugeben.

Ihr größtes Vergnügen bestand darin, irgendwo zu sein, ohne daß jemand wußte, daß sie sich dort aufhielt – in einem Café in einer Seitenstraße, in einem kleinen, wenig bekannten Hotel und wenn möglich in einem Zimmer, dessen Nummer abgekratzt war.

Sie änderte ihren Namen, wie Verbrecher ihre Spuren verwischen.
Sie wußte selbst nicht, was sie vor Entdeckung bewahren wollte, welches Geheimnis sie verteidigte.
Sie haßte direkte Fragen über ihr Leben. Aber vor allem haßte sie es, in den Karteien der Behörden registriert zu werden. Sie haßte es, ihre Geburtsstunde anzugeben, ihre Abstammung, und ihr Umgang mit den Paßbehörden war unklar und kompliziert.
Sie lebte völlig in einer Art Opportunismus. All ihr Handeln wurde von den Forderungen des Augenblicks diktiert. Sie entzog sich allen Einordnungen, nur um sich völlig der Phantasie irgendwelcher Menschen auszuliefern.
Sie hielt sich frei von allen Identifikationen, um sich besser der Vorstellung eines Fremden anpassen zu können.
Sobald ein Mann erschien, begann das Spiel.
Sie mußte Schweigen bewahren. Sie mußte ihm gestatten, ihr Gesicht zu betrachten und seinen Traum Gestalt annehmen lassen. Sie mußte ihm Zeit und Schweigen lassen, damit seine Vorstellung entstehen konnte.
Sie ließ ihn eine Vorstellung entwickeln. Sie sah, wie die Vorstellung in seinen Augen Gestalt annahm. Wenn sie gesagt hätte, was sie sagen wollte, hätte er sie als eine gewöhnliche Frau ansehen können! Diese Vorstellung von ihr als einer *un*-gewöhnlichen Frau, die jetzt in seinen Augen aufflackerte, konnte plötzlich verschwinden. Nichts ist schwieriger, als den Träumen von Männern gerecht zu werden. Nichts schwieriger, als die Träume von Männern zu erahnen, die man zu erfüllen sucht.
Sie konnte den falschen Satz sagen; sie konnte die falsche Geste machen; sie konnte das falsche Lächeln lächeln, und seine Augen würden eine Sekunde lang verstört aufflakkern, bevor sie die gläserne Schärfe der Ernüchterung annahmen.
Sie wünschte verzweifelt, die unmöglichsten Wünsche der Männer erfüllen zu können. Wenn der Mann sagte: »Du scheinst pervers zu sein«, dann versuchte sie sich an all das zu erinnern, was sie über Perversität wußte, um zu dem zu werden, wofür er sie hielt.

So wurde das Leben schwer. Sie führte das angespannte, anstrengende Leben eines internationalen Spions. Sie bewegte sich unter Feinden, die es darauf abgesehen hatten, ihre Behauptungen zu widerlegen, ihre angenommene Identität zu entlarven. Manchmal spürten die Menschen den Betrug und versuchten, ihn aufzudecken.
Sie hatte große Furcht, durchschaut zu werden!
Sie konnte das Licht gewöhnlicher, alltäglicher Einfachheit nicht ertragen! Wie andere Frauen ihre Augen vor dem Licht der Sonne schließen, so schloß sie ihre Augen vor den alltäglichen Einfachheiten des Lebens.
Und deshalb diese Flucht, die nie enden durfte: von den schräggeschnittenen Augen des einen zu den zärtlichen Händen des anderen zu der Traurigkeit des dritten.
Wenn Menschen auf sie prallten, verloren auch sie ihre Identität. Sie wurden zu Objekten des Begehrens, Gegenstände, die man verbrauchte und zu Brennstoff für das Freudenfeuer. Für sie summierten sich die Eigenschaften von Menschen zu dem Urteil: brennbar oder unbrennbar. Nur das zählte. Sie unterschied nicht zwischen Alter, Nationalität, Reichtum, Status, Beruf oder Berufung.
Ihr Verlangen entbrannte sofort, ohne jede Vergangenheit oder Zukunft. Ihr Verlangen war ein Feuer in der Gegenwart, dem sie keine Verträge und keine Dauer zubilligte.
Ihre Brüste waren immer schwer und prall. Sie war wie ein Bote, der alle Nachrichten, die er von einem erhält, zu einem anderen trägt. Sie trug in ihren Brüsten die Worte, die ihr zugeflüstert wurden. Sie trug das Buch, das sie erhalten hatte, das Land, das sie besucht hatte, die Erfahrung, die sie gemacht hatte, in Form von Geschichten mit sich, die unablässig weitergesponnen wurden.
Alles, was noch vor einer Stunde lebte, wurde eine Geschichte, die sie in der nächsten Stunde dem nächsten Gefährten erzählte. Nur ihr pollentragender Körper blieb von Zimmer zu Zimmer derselbe.
Während sie die Straße überquerte, genoß sie das galante Lächeln des Polizisten, der den Verkehr ihretwegen stoppte. Sie pflückte das Begehren des Mannes, der für sie

die Drehtür in Bewegung setzte. Sie erntete von dem Verkäufer das Aufleuchten der Anbetung in seinen Augen: »Sind Sie Schauspielerin?« Sie nahm das Bouquet des Schuhverkäufers entgegen, bei dem sie Schuhe anprobierte: »Sind Sie Tänzerin?« Wenn sie sich in den Bus setzte, empfing sie die Sonnenstrahlen als einen persönlichen, intimen Besuch. Sie empfand mit dem Lkw-Fahrer, der heftig auf die Bremsen treten mußte, weil sie impulsiv die Straße überquerte, ein heiteres Einverständnis, denn er tat es lächelnd.

Sie kam stets beladen mit Abenteuern zurück, wie andere Frauen mit einem Arm voller Päckchen zurückkehren. Ihr ganzer Körper vibrierte von Abenteuern, mit denen sie sich und andere nährte. Der Tag endete stets zu früh, nie war sie befreit von ihrer Ruhelosigkeit.

Im Morgengrauen lehnte sie sich aus dem Fenster, preßte ihre Brüste auf die Fensterbank, und sie sah noch immer aus dem Fenster, in der Hoffnung etwas zu sehen, was sie versäumt hatte zu begreifen und zu besitzen. Sie blickte auf das Dahinschwinden der Nacht und auf die Vorübergehenden mit der gespannten Aufmerksamkeit des Reisenden, der niemals ankommt wie gewöhnliche Menschen, die am Ende jeden Tages ihre friedlichen Ziele erreichen, die Unterbrechungen hinnehmen, ihren Lohn, ihre Ruhepausen, ihren Hafen, all dies was sie nicht hinnehmen konnte.

Sie glaubte nur an das Feuer. Bei jedem Feuerausbruch wollte sie dabeisein, bei jedem Herannahen der Gefahr. Sie lebte wie ein Feuerwehrmann, der einsatzbereit auf alle plötzlichen Feuersbrünste wartet. Für das friedliche Heim und für die ruhigen Straßen war sie eine Bedrohung. Sie war der Brandstifter, der nie entlarvt wurde.

Denn sie glaubte, daß Feuerleitern zur Liebe führten. Hier lag der Grund für ihre brandstifterischen Gewohnheiten. Aber Sabina mit allen ihren Feuerleitern konnte keine Liebe finden. Im Morgengrauen fand sie sich von neuem in der Asche.

Und so konnte sie nicht ruhen und nicht schlafen.

Sobald der Tag friedlich und ereignislos graute, schlüpfte

Sabina in ihr schwarzes Satinkleid, lackierte ihre Nägel in der Farbe ihrer Stimmung, warf ihr schwarzes Cape um und machte sich auf den Weg in die Cafés.

Jay erwachte im Morgengrauen und wandte sich Lillian zu, die neben ihm lag, und sein erster Kuß erreichte sie durch das Netz ihrer Haare.

Ihre Augen waren geschlossen und ihre Nerven schliefen. Unter seinen Händen glitt ihr Körper eine Düne hinab in warme Wellen, die sich kräuselten und ihren Körper umspülten.

Jays sinnliche Stöße erweckten die ruhenden Dämme des Fleisches, unter peitschenden Stößen flackerten feurige Zungen. Sie durchstießen den Quecksilberkern und jagten einen Feuerstrom durch ihre Adern. Die brennende Flut der Ekstase wirbelte wild und rasend, sie durchbrach alles, und ihr Pulsschlag befreite sich in einem hämmernden Furioso.

Der Kern der Ekstase zerbarst unter den rhythmischen Stößen, bis sie brennende Flüssigkeit gegen die Wälle ihres Fleisches schleuderten, ein Stoß im Leib wie ein Donnerschlag.

Lillians Keuchen verebbte und ihr Körper hallte wider in dem Schweigen, erfüllt von den Echos ... Antennen, die wie die Stengel von Pflanzen getrunken hatten.

Er erwachte befreit und sie nicht.

Sein Verlangen hatte ein Ziel gefunden wie ein Säbelhieb, der Genuß verschafft und nicht den Tod bringt.

Sie fühlte sich befruchtet.

Sie hatte größere Schwierigkeiten als er, ihre Lage zu verändern, sich zu lösen und sich zu trennen.

Ihr Körper war erfüllt vom Bewahrenwollen, von Resten und Ablagerungen.

Er erwachte und begab sich in andere Bereiche. Je länger er sich den umschließenden Wirbeln überließ, desto größer wurde seine Energie, mit der er sich wieder in Aktivitäten stürzte. Er erwachte und sprach vom Malen. Er erwachte lachend. Beim Lachen schlossen sich seine Augen.

Lachen auf seinen Wangen, Lachen in seinen Mundwinkeln, ein Lachen deutlicher Trennung.
Sie erwachte unfrei, als sei sie mit dem Samen seines Wesens beladen. Sie überlegte, in welchem Augenblick er sein ganzes Ich ausreißen würde, wie eine Pflanze, die man mit den Wurzeln ausreißt, und die nur ein Loch in der Erde zurückläßt. Sie fürchtete diesen Riß, denn sie empfand ihn als Meister dieses Aktes. Er war frei einzudringen und frei aufzutauchen, während sie sich ihrer Identität und Freiheit beraubt fühlte, denn Jay wendete sich beim Aufwachen nicht einen Augenblick lang ihr zu.
Er sah in ihr nicht Lillian, eine bestimmte Frau.
Wenn er sie nahm oder ansah, geschah dies so unbeschwert und unpersönlich, als wäre für ihn jede Frau, die dort lag, gleichermaßen angenehm und natürlich, und als sei es nicht nur Lillian unter allen Frauen.
Er freute sich bereits über eine Idee für ein Bild. Er hatte bereits Hunger nach seinem Frühstück. Er war bereit, seine Post zu öffnen und sich in die vielfältigen Beziehungen zu stürzen. Er war neugierig auf das Wetter und auf alles, was sich in den Straßen getan hatte. Er war gespannt, Einzelheiten des Streits zu erfahren, der sich in der Nacht unter ihrem Fenster ereignet hatte.
Schnell, schnell, schnell bewegte er sich davon. Sein Geist beschäftigte sich bereits mit den weisen Sprüchen von Laotse und den Theorien von Picasso. Wie ein Riesenrad auf dem Jahrmarkt beschrieb er bereits einen weiten Bogen, der sie jedoch an keiner Stelle einbezog. Sie war da wie das Brot, das anonyme Brot, das er wie jedes Brot aß, ohne sich auch nur die Mühe zu machen, die üblichen Unterschiede festzustellen: Heute ist mein Brot frisch und warm; heute ist es ein wenig trocken; heute fehlt ihm Salz; heute schmeckt es fade; heute ist es golden und knusprig.
Sie griff nicht nach ihm, um ihn zu besitzen, wie Jay glaubte; sie griff nach ihm, weil soviel von Jay in ihr aufbewahrt lag, gesät und eingepflanzt war, daß sie sich fühlte, als habe er von ihr Besitz ergriffen. Sie glaubte, sie sei nicht mehr in der Lage, sich unabhängig von ihm zu bewegen,

zu atmen und zu leben. Sie empfand ihre totale Abhängigkeit. Sie hatte sich selbst verloren und weggegeben. Sie war überrannt worden, und sie war jetzt seiner Gnade ausgeliefert. Darin bestand ihre Furcht, diese Unmöglichkeit, sich zu verteidigen. Sie bewirkte das Anklammern und brachte Lillian dazu, sich anzuklammern, sich wie eine Ertrinkende anzuklammern ...

Da sie sein Brot war, wünschte sie, Jay möge wenigstens alle Schwankungen ihrer Stimmungen und Geschmacksrichtungen bemerken. Sie wollte gerne, daß Jay zu ihr sagte: »Du bist mein Brot, ein einmaliges und wunderbares Brot, wie es auf der Welt kein anderes mehr gibt. Wenn du nicht hier wärst, würde ich augenblicklich vor Hunger sterben.«

Er sagte nichts von alledem. Wenn er gut malte, war es der Frühlingstag. Wenn er ausgelassen war, lag es am Pernod. Wenn er klug war, war es das kleine Buch mit den Aussprüchen von Laotse. Wenn er gehobener Stimmung war, führte er das auf einen schmeichelhaften Brief in der Post zurück.

»Und ich, und ich«, fragte eine kleine ängstliche Stimme in Lillian, »wo bin ich?«

Sie war noch nicht einmal die Frau in seinen Bildern.

Er malte Sabina. Er malte sie als Alraune. Eine Alraune mit fleischigen Wurzeln, die eine purpurne Blüte trugen, eingehüllt in eine glockenförmige, purpurne Blumenkrone sinnbetörenden Fleisches. Er malte sie mit rotgoldenen Augen und mit einem Brennen, das aus tiefen Höhlen zu kommen schien, aus den Höhlen der Erde und aus Bereichen jenseits der Bäume. Er malte Sabina als eine der überschwenglich blühenden Frauen. Sie war ein tropisches Gewächs, aus der Schlange der Wartenden ausgestoßen, denn sie war zu reich für das alltägliche Leben. Sie erschien in der Alltagswelt nur als ein Wesen aus der Welt des Feuers. Er gab sich mit ihrem zeitweiligen allegorischen Erscheinen zufrieden. Lillian fragte sich, wenn ich nicht in seinen Bildern bin, wo bin ich dann? Wenn er aufhörte zu malen, trank er. Wenn er trank, genoß er seine Kräfte und schrieb sie dem Heiligen Geist in sich zu. Aber

wenn er den Heiligen Geist unter anderem Namen beschwor, dann hieß er auch nicht Lillian. Heute war es der Heilige Geist, das Licht des Frühlings und ein Schluck Pernod.
Er sagte Lillian nicht, wonach sie sich sehnte: »Du bist der Heilige Geist in mir. Du bist mein Frühling.«
Sie war sich noch nicht einmal dessen sicher – sein Heiliger Geist zu sein. Manchmal schien er mit Djunas Augen zu malen. Wenn Djuna da war, malte er besser. Er malte Djuna nicht. Er fühlte sich nur stark und fähig, wenn er große Massen in Angriff nehmen konnte, ausgeprägte Züge und schwere Körper. Djunas Erscheinung war zu zart für ihn.
Aber wenn sie da war, malte er besser.
Schweigend schien sie beteiligt zu sein, schweigend schien sie Kräfte zu übermitteln.
Woher kam ihre Kraft? Niemand wußte es.
Sie saß nur da, und die Farben fanden sich, vertieften sich. Es war, als benutze er das Violett ihrer Augen, wenn sie zornig war, das Blau, wenn sie zufrieden war, das Grau ihrer Gleichgültigkeit, das Gold, wenn sie schmolz und warm war, um damit zu malen. Ihre Augen waren seine Palette.
Auf diese Weise wechselte er von den Augen Lillians, die sagten: »Ich bin hier, um dich zu wärmen«, Augen der Ergebenheit, zu den Augen Sabinas, die sagten: »Ich bin hier, um dich zu verzehren«, zu den Augen Djunas, die sagten: »Ich bin hier, um deinen Bildertraum wie eine Kristallkugel zu spiegeln.«
Brot, Feuer und Licht, er benötigte sie alle. Er konnte sich von Lillians Vertrauen nähren, aber sie brachte seine Arbeit nicht zum Leuchten. Es gab Orte, wohin Lillian ihm nicht folgen konnte. Wenn er von einer unfertigen Vorstellung gequält wurde, ging er zu Djuna, wie einmal ein Kind zu Djuna gekommen war, als sie zusammen durch die Straßen gingen, und ihr ein verwirrtes Knäuel Schnur brachte, damit sie es entwirrte.
Er hätte es gerne gesehen, daß die drei Frauen sich liebten. Er glaubte, dann habe er seinen Frieden. Wenn sie mitein-

ander konkurrierten, war es, als kämpften Teile seines eigenen Körpers gegeneinander.
An Tagen, an denen Lillian das Verständnis in Djunas Augen hinnahm, wenn beide mit ihrer Rolle einverstanden waren und nicht versuchten, den Platz der anderen zu erobern, war er zufrieden, schlief er tief und fest. (Lillian dachte, während sie in dem zerwühlten Bett lag: »Wenn ich nur ruhig sein, mich vollständig und frei fühlen könnte, wenn er mich verläßt. Er scheint an mich gebunden zu sein und dann wieder völlig ungebunden. Er verändert sich. An einem Tag schaue ich ihn an und spüre Wärme in ihm und am nächsten Tag bemerke ich eine Art Rücksichtslosigkeit. Es gibt Momente, in denen er mich küßt, und ich das Gefühl habe, er küßt mich nicht, sondern irgendeine Frau oder alle Frauen, die er kennt. Es gibt Zeiten, in denen er aus Wachs zu sein scheint, und ich kann den Abdruck all jener sehen, mit denen er im Lauf des Tages zusammengetroffen ist. Ich kann ihre Worte hören. Gestern abend verbrüderte er sich sogar mit dem Mann, der mich umwarb. Was bedeutet das? Er verbrüderte sich sogar mit Edgar, der versuchte, mich ihm wegzunehmen. Er war in einer seiner Stimmungen überströmender Zurschaustellung, in denen er alle liebt, einfach alle. Ich kann es nicht ertragen zu sehen, wie nahe sie ihm kommen. Sie sprechen in sein Gesicht; sie atmen seinen Atem. Jeder hat dieses Privileg. Jeder kann mit ihm sprechen, seine Wohnung mit ihm teilen, sogar mich. Er gibt alles weg. Djuna sagt, mir mangele es an Vertrauen ... Stimmt das? Aber wie kann ich mich heilen? Ich glaubte, man würde durch Leben und Lieben geheilt.«)
Lillian lag im Bett und hörte Jay pfeifen, der sich im Badezimmer rasierte. Sie fragte sich, weshalb sie sich gleichzeitig gebunden fühlte und doch unverheiratet, unbefriedigt, und all ihre Gespräche mit Djuna, mit der sie sprechen konnte, und das war besser, als allein Monologe zu führen, kamen ihr noch einmal in den Sinn. Erst dann stellte sie sich dem dominierenden Impuls, der sie beherrschte: Jay zu verlassen!
Die Leidenschaft zog ihre Kraft und Erregung aus der An-

strengung zu besitzen, was nicht zu besitzen war, denn sie entsprang einer Illusion. Sie erhielt ihren Impetus aus dem geheimen Wissen ihrer Unerfüllbarkeit, denn sie überfiel romantische Wesen und rief anstelle einer natürlichen Verbindung auf Grund von Gefühlen Liebe hervor. Leidenschaft zwischen zwei Menschen entsprang einem fieberhaften Verlangen, Elemente zu vereinen, die unvereinbar waren. Die extreme Hitze, der sich Menschen bei diesem Experiment aussetzten, als gelänge es, die unvereinbaren Elemente durch Intensität zu einem Element zu verschmelzen: Wasser mit Feuer, Feuer mit Erde, Felsen und Wasser. Eine Anstrengung, die zum Scheitern verurteilt ist.

Lillian konnte dies nicht erkennen, aber sie spürte, daß es geschah, und sie wußte, daß sie deshalb über ihren ersten Streit so bitterlich geweint hatte. Sie hatte nicht über eine belanglose Meinungsverschiedenheit geweint, sondern weil ihr Instinkt die Sinne warnte, daß diese unerhebliche Meinungsverschiedenheit auf eine tiefe Kluft schließen ließ, unterschiedliche Elemente, wodurch die Beziehung letztlich zerstört werden würde.

In einer seiner spaßigen menschlichen Launen hatte Jay einmal gesagt: »Wenn dich meine Freunde so sehr ärgern, werden wir sie alle gegen die Wand stellen und erschießen.«

Aber Lillian wußte, daß Jay, wenn er heute den Kreis seiner Freunde aufgab, dieselbe Art von Beziehungen durch einen neuen Freundeskreis wiederherstellen würde, denn sie spiegelten einen Teil seines Wesens, dem sie sich nicht verwandt fühlte. Es war dieser Teil seines Wesens, gegen den sie kämpfte.

Jay hatte Lillians übermäßiges Weinen als kindisch empfunden. Er sah nur die unmittelbare Meinungsverschiedenheit. Aber Lillian weinte hemmungslos aus Angst vor dem Tod ihrer Beziehung, denn mit dem Verlust ihres Vertrauens spürte sie, daß der erste Sprung das erste Symbol der künftigen Entzweiung war. Von diesem Augenblick an wußte sie, daß die Leidenschaft zwischen ihnen nicht länger eine Bekräftigung der Ehe war, sondern ein Kampf gegen Tod und Trennung.

(Djuna sagte: »Du kannst es nicht ertragen, diese Beziehung sterben zu sehen.« »Aber weshalb muß sie sterben, Djuna? Glaubst du, alle Leidenschaft muß sterben? Gibt es nichts, was ich tun kann, um dieses Scheitern abzuwenden oder zu vermeiden? Leidenschaft stirbt nicht eines natürlichen Todes. Alle sagen, Leidenschaft stirbt, Liebe stirbt. Aber wir sind es, die sie töten.« Djuna glaubt daran. Djuna sagt: »Du kannst alle Symptome der Trennung bekämpfen, wenn sie zum ersten Mal auftreten. Du kannst auf der Hut vor Zerstörung sein, vor den Wunden, die die Menschen sich gegenseitig zufügen, und vor dem Zweifel, den sie säen. Du kannst um das Leben und den Fortbestand dieser Leidenschaft kämpfen. Es *gibt* ein Wissen, das den Tod einer Beziehung hinauszögert. Der Tod ist nicht natürlich, Lillian. Aber du kannst es nicht alleine tun. In Jays Charakter liegt die Saat des Todes. Man kann nicht allein um das Leben einer Beziehung kämpfen. Es bedarf der Anstrengung beider.« Anstrengung. Anstrengung. Dieses Wort ist Jay völlig fremd. Jay unternimmt niemals eine Anstrengung. »Djuna, Djuna, könntest du nicht mit ihm reden? Djuna, wirst du mit ihm reden? Nein, es ist sinnlos. Er will nichts erreichen, was schwierig zu erreichen ist. Er liebt keine Anstrengungen oder Kämpfe. Er will nur sein Vergnügen. Es ist nicht Besitzgier, Djuna. Ich möchte mich nur im Mittelpunkt wissen, damit ich ihm die maximale Freiheit erlauben kann, ohne daß ich jedesmal das Gefühl haben muß, daß er alles verrät, alles zerstört.«)
Sie würde ihn verlassen.
Als Jay sie beobachtete, wie sie sich anzog, ihr Gesicht puderte, ihre Strümpfe richtete und ihr Haar kämmte, bemerkte er an ihren Gesten keine Veränderung, die ihn alarmiert hätte. Denn zog sie sich nicht immer mit der Nervosität einer Fliehenden an, kämmte und puderte sie sich nicht immer hastig? War sie nicht immer so unausgeglichen und nervös, als sei sie erschreckt worden?
Er ging in sein Atelier, und Lillian schloß die Tür zum Schlafzimmer. Sie setzte sich an ihr Klavier, um in der Musik die Ganzheit zu suchen, die sie in der Liebe nicht finden konnte...

Wie das Meer Körper trägt, Wracks, leere Hüllen und verlorene Dinge, die es in seinem eigenen Bildhaueratelier umgestaltet hat, und sie zu unerwarteten Plätzen trägt, sie in unberechenbaren Strömungen treiben läßt, so brachte der Strom der Musik Fragmente des Ich an die Oberfläche, von denen Djuna glaubte, sie seien ertrunken und vergessen. Er spülte sie ans Ufer, verändert, umgeformt und in ihrer Gestalt unkenntlich gemacht. Jede zurückflutende Welle, jede Gegenströmung ließ neues Material aus dem Meer der Erinnerungen auftauchen, das aus dem alten geformt worden war.

Treibholzgestalten, die durch den Rhythmus des Meeres, das sich am Zorn brach, geduldig umgestaltet worden waren. Gebilde, denen das Meer mit unendlicher Geduld die Umrisse verknoteter Alpträume verliehen hatte. Holz, das von den Qualen des Zweifels verkrüppelt und verzerrt worden war.

Sie spielte, bis diese Flut der Trümmer sich aus der Musik erhob, um sie zu ersticken. Zornig schloß sie das Klavier. Sie faßte den Plan zur Flucht.

Flucht. Flucht.

Ihre erste instinktive Geste der Flucht bestand darin, sich das schwarze Cape umzuwerfen, das sie in der Zeit ihrer Beziehung zu Sabina einem Cape Sabinas nachgeschneidert hatte.

Sie hüllte sich in dieses Cape und legte zwei schwere Armbänder um ihre Handgelenke. (Für jedes Handgelenk eines, da sie nicht mehr nur noch eine Fessel tragen wollte. Niemals mehr nur eine Fessel. Sie würde das Verlangen zweiteilen, um eine Hälfte ihres Wesens vor der Zerstörung zu retten.)

Und zum ersten Mal in ihrer Ehe mit Jay stieg sie die ausgetretenen Stufen eines alten Hotels am Montparnasse empor. Sie wurde von einer Erregung erfaßt, die Flüchtlingen so gut bekannt ist.

Je mehr sie von dem abgenutzten Teppich und seinem nackten Untergewebe sah, je mehr sie den sauren Geruch der Armut roch, je mehr sie die Nacktheit des Zimmers wahrnahm – alles Dinge, die die Stimmung eines anderen gedrückt hätten –, verstärkte sich nur ihre Erregung. Alles wurde durch ihre Überzeugung verwandelt, sie sei auf einer Reise, die sie für immer aus dem Gefängnis der Angst befreien würde, aus dem Schmerz der Abhängigkeit eines Menschen, dem sie nicht vertrauen konnte. Ihr Gefühl der Befreiung übersäte und übertupfte die Schäbigkeit mit dem Licht eines impressionistischen Gemäldes.

Das Gefühl der Vertrautheit dieser Szene berührte sie zunächst nicht. Ein Liebhaber wartete in einem der Zimmer dieses Hotels auf sie.

Konnte ihr jemand helfen, Jay für einen Augenblick lang zu vergessen? Konnte Edgar ihr helfen? Edgar, der mit seinen erstaunten Augen zu ihr sagt: »Du bist wunderbar, Du bist wunderbar!« Trunken wiederholte: »Du bist wunderbar!«, als sie vor Jays Augen tanzten, der sie nicht sah, der nicht sah, wie sie mit Edgar im gedämpften Scheinwerferlicht eines Nightclubs tanzte. Aber als ihr Kleid sich am Hals ein wenig öffnete, konnte sie den gemeinsamen Geruch von sich und Jay einatmen.

Sie rächte sich jetzt für seine offenherzigen Geständnisse der Freuden, die er erlebt hatte, wenn er mit anderen Frauen schlief.

Jay hatte sie zur Frau gemacht. Nur er allein hielt alle Wurzeln ihres Wesens in seinen Händen, und als er sie ausgerissen hatte, mit seinen rücksichtslosen Bewegungen weit ans Licht gezogen hatte, hatte er sie so gequält, daß er mit einem Mal alle Wurzeln gleichzeitig zerstört und sie der Luft überlassen hatte. Er hatte sie Edgar überlassen, damit sie dankbar Edgars Worten zuhörte und dankbar Edgars Hände ergriff, der sie von Jay wegzog, damit sie dankbar für sein albernes Geschenk war – Blumen in Silberpapier – (denn Jay machte ihr niemals Geschenke). Und sie stellte sich Jay vor, der dieser Szene zusah, der sie dabei beobachtete, wie sie die Stufen zu Edgars Zimmer hinaufstieg und Blumen und Silberpapier trug. Sie genoß es, sich seinen Schmerz vorzustellen, wenn er Zeuge wurde, wie sie ihre Kleider abwarf, wenn er Zeuge wurde, wie sie sich neben Edgar legte. (»Du bist der Mann aus der Masse. Deshalb liege ich hier neben einem Fremden. Was mich einsam macht, Jay, sind diese billigen und geschmacklosen Menschen, mit denen du verkehrst. Und ich liege mit einem Fremden, der nur dich in mir liebkost. Er beklagt sich wie eine Frau: ›Du denkst nicht an mich. Du bist nicht von mir erfüllt.‹«)

Aber sobald sie das Cape abgelegt hatte, das genau wie Sabinas Cape war, erkannte sie, daß das Zimmer, der Mann, die Szene und die Gefühle nicht zu ihr gehörten. Sie waren nicht von ihr gewählt worden, sondern dem Repertoire der Abenteuer Sabinas entliehen.

Lillian war nicht frei von Jay, da sie ihn eingeladen hatte, Zeuge dieser Szene zu sein, die sie nur inszenierte, um seine Untreue zu bestrafen. Sie war nicht frei. Sie war Sabina mit einem Mann, den Sabina gewählt hätte. Alle Worte und Gesten waren durch die fieberhaften Beschreibungen Sabinas vorausbestimmt worden. Denn so wird ein Großteil der Erfahrungen wie durch Ansteckung übermittelt. Und Lillian, die noch nicht frei war, war durch ihre verminderte Widerstandsfähigkeit für die Ansteckung empfänglicher als andere!

Sie schämte sich. Nicht wegen der sinnlichen Begegnung, sondern weil sie in Verkleidung agiert und sich der Verantwortung entzogen hatte.

Als der Fremde sie nach ihrem Namen fragte, sagte sie nicht Lillian, sondern Sabina.

Sie kehrte nach Hause zurück, ließ ihr Cape und ihre Handlungen von sich abfallen und gab vor, diese Frau nicht zu kennen, die mit einem Fremden zusammengewesen war.

Sie übertrug die Verantwortung auf Sabina.

Flucht. Flucht. Flucht. Wohin?

Um sich Sabinas Ich für eine Stunde zu entleihen? Sie hatte sich Sabinas Rücksichtslosigkeit umgeworfen. Sie hatte sich ihr Cape für eine heimliche Maskerade entliehen und Freiheit vorgetäuscht.

Die Kleider hatten ihr nicht sehr gut gepaßt.

Aber würde dies nach einer Weile aufhören, eine Rolle zu sein, und würde dieses Ausleihen Lillians wahre Wünsche enthüllen?

Die Möglichkeit zu sein, was sie geliehen hatte.
Sie schämte sich für das, was sie Treuelosigkeit nannte (während sie in Wirklichkeit noch immer fest, so fest an Jay gebunden war, daß sie lediglich innerhalb der Grenzen ihrer Beziehungen handeln konnte, in seiner Gegenwart und deshalb nicht getrennt von ihm) und warf alles ab, was sie für diese Scharade benutzt hatte: das Cape und die Armreifen. Sie badete und zog ihr eigenes Lillian-Kostüm an. Dann ging sie in das Café und setzte sich neben Sabina, vor der sich bereits mehrere Untertassen angesammelt hatten. So konnte der Kellner die Zahl der Getränke berechnen.
Wenn Jay sich nach stundenlangem Malen erschöpft fühlte, besuchte er Djuna.
Wenn er an Djuna dachte, glätteten sich seine Gedanken. Sie war für ihn mehr als eine Frau. Am Anfang war es schwer gewesen, in ihr nur eine Frau zu sehen. Sein erster Eindruck war die Assoziation mit einem florentinischen Gemälde. Sein Gefühl sagte ihm, gleichgültig woher sie kam, welche Erfahrungen sie gemacht hatte und welche Ähnlichkeiten mit anderen Frauen bestanden, für ihn war sie wie eine Leinwand, die einen goldenen Untergrund erhalten hatte. Was man auch darüber malte, dieses Gold blieb präsent, wie es auf den florentinischen Gemälden präsent ist. Bei einem seiner ersten Besuche hatte er lange über dieses Gold gesprochen.
Aber obwohl sein Drang, Illusionen zu zerstören, ihn dazu veranlaßte, an ihren Wimpern zu ziehen, um festzustellen, ob sie echt waren, ihn dazu veranlaßte, Gläser und Flaschen im Badezimmer zu öffnen, um zu sehen, was sie enthielten, und obwohl er überzeugt war, daß Frauen zu Tricks griffen und Zaubermittel ersannen, vor denen der Mann sich in acht nehmen mußte, war Djuna für ihn etwas anderes. Sie war mehr als eine Frau. Er glaubte daran, daß sie im richtigen Moment bereit wäre, die Schleier fallenzulassen, die Schleier und ihr Ausweichen, und ihm ehrlich begegnen würde.
Auch ihre Klarheit nannte er nicht Ehrlichkeit. Ihrer Klarheit mißtraute er. Er gab zu, sie erdachte wundervolle Mu-

ster. In ihren Bewegungen, in ihrem Leben und in ihren Worten lag eine Art griechischer Symmetrie. Alles wirkte überzeugend, harmonisch, klar – zu klar. Und wo war sie in der Zwischenzeit? Nicht mehr auf der klaren, geordneten Oberfläche ihrer Gedanken, sondern eingetaucht, versunken in einem dunklen Bereich wie ein Unterseeboot. Sie war nur aufgetaucht, um alle ihre Gedanken zu übergeben. Es schien nur, als erschöpfte sie sich in dieser Klarheit. Sie übergab ein hübsches Muster, aus dem sie selbst wieder entschlüpfte und dann den anderen auslachte. Oder sie übergab ein hübsches Muster, aus dem sie selbst wieder entschlüpfte, und auf ihrem Gesicht erschien ein Ausdruck großer Tragik, der von einem anderen Bereich sprach, in den sie eingetreten war. Sie erlaubte niemandem, ihr dorthin zu folgen, in einen Bereich der Verzweiflung, in einen Bereich der Angst, der nur durch ihre Augen verraten wurde.

War dies das Geheimnis der Frauen? Es war nur diese Hartnäckigkeit, mit der sie sich in Schleier der Undurchschaubarkeit hüllten, lediglich dieses Beharren darauf, Geheimnisse zu schaffen, als sei das Offenbaren ihrer Gedanken und Gefühle ein Geschenk, das der Liebe und der Intimität vorbehalten war.

Er erwartete, daß eines Tages eine aufrichtige Frau mit all dem aufräumen würde. Denn keinen Augenblick lang dachte er daran, daß dieses Geheimnis ein Teil des Wesens der Frauen ist, von dem sie nichts wissen und den sie nicht sehen können.

Die Ornamente, mit denen Djuna sich umgab, waren delikater als bei anderen Frauen, aber sie war eine ehrliche Frau.

Er hatte vor langer Zeit einen Weg gefunden, die Macht der Frauen durch eine selbstgeschaffene Simplifizierung zu neutralisieren. In seiner Vorstellung kannten alle Frauen nur eine Art von Hunger, ein Hunger, der zwischen den zwei blassen Säulen ihrer Beine saß. »Sogar die Engel«, sagte Jay, »die Mütter und die Schwestern unterscheiden sich darin nicht.« Er hatte sich diese Sehweise schon als kleiner Junge zu eigen gemacht. Damals spielte er auf dem Boden in der Küche seiner Mutter, als eine riesige deutsche Frau direkt von der Einwanderungsbehörde zu ihnen kam. Sie trug noch immer die voluminösen Bauernröcke ihrer Tracht. Sie stand in der Küche und fragte seine Mutter, ob sie ihr helfen könne, Arbeit zu finden. Sie sprach nur gebrochen Englisch – einige unverständliche Worte –, und alle im Haus waren über ihr merkwürdiges Aussehen, über ihre Borten und über ihre Sprache entsetzt. Als wolle sie ihre Fähigkeiten durch eine allgemeinverständliche Geste unter Beweis stellen, hatte sie begonnen, geschickt den Teig zu kneten. Sie knetete mit großem Eifer, während Jays Mutter ihr mit wachsendem Interesse zusah.

Jay spielte unbeachtet mit Streichhölzern auf dem Boden und fand sich plötzlich unter den Röcken der deutschen Frau wie in einem riesigen, farbigen Zelt. Sein Blick verlor sich an der Stelle, an der zwei blasse Säulen zusammenstrebten, und ihm wurde eine Offenbarung zuteil, die ihn für immer diese Perspektive vom Wesen der Frau gab.

Dieser günstige Einblick, dieses Observatorium, dieser unfehlbare Brennpunkt bewahrten ihn davor, seine Orientierung auch im unüberschaubarsten Irrgarten der Kleider, Klassen, Rassen, Nationalitäten zu verlieren. Keine äußerliche Variante konnte ihm diese intime Kenntnis der Frau rauben, die Kenntnis dieser geheimsten Stelle im Bauplan der Frau …

Vergnügt stellte er sich Djunas Gesichtsausdruck vor, wenn sie ihm die Tür öffnete.

Die Träumerin trägt Scheuklappen aus Pelz und Samt.

Vergnügt stellte Jay sich vor, wie er das Haus betrat, und wie ihr Gesicht zwischen diesen Scheuklappen ihre Vision von ihm als großem Maler leuchtete und mit erhabener Gleichgültigkeit alle anderen Elemente ausschloß, die diese Vision stören konnten.

Er konnte in ihrem Gesicht den kleinen Schrein sehen, der von der Träumerin errichtet worden war. Dorthin hatte sie ihn als großen Maler gestellt. Hingerissen von ihrer Leidenschaft begab er sich mit ihr in ihren Traum von ihm und lauschte entzückt, wie sie alles, was er ihr erzählte, in Gold verwandelte!

Wenn er Geld aus der Brieftasche des Zombie gestohlen hatte, sagte sie, er habe es getan, weil der Zombie so provozierend geizig sei. Wenn er sich beklagte, daß er zu lange schlief, wenn er arbeiten müsse, übersetzte Djuna dies damit, daß er den verlorenen Schlaf nachhole, den er in der Zeit einbüßte, als er nur einen Kinosaal zum Übernachten hatte.

Sie sah und hörte nur, was sie sehen und hören wollte (verdammte Frauen!). Ihr Ausdruck der Erwartung, des Vertrauens, ihre unablässige Absolution all seiner Handlungen gingen ihm manchmal auf die Nerven.

Je rückhaltloser er alles glaubte, was sie glaubte, wenn er bei ihr war, desto tiefer fiel er aus dem Zustand der Gnade, wenn er sie verließ. Denn er spürte, sie war der Hort seines eigenen Traums, und er wußte, sie würde ihn bewahren, während er ihm den Rücken zukehrte.

Sie ist eine der wenigen Frauen, dachte Jay stillvergnügt, die das künstliche Paradies der Kunst versteht, die Sprache des Mannes.

Während er dahinging, nahm die Stadt die verblassende Schönheit einer Frau an; und dies war die Schönheit von Paris, besonders um fünf Uhr am Nachmittag in der Dämmerung, wenn die Fontänen und die Parks, das sanfte Licht, die feuchten Straßen wie blaue Spiegel wirkten, wenn sich alles in einem perlgrauen Schleier auflöste und sich in Putz und Koketterei ausdehnte.

Zur gleichen Zeit nahm New York seine maskuline und aggressive Schönheit an. Mit seinem unbarmherzigen Glänzen, seinen stählernen Pfeilen und riesigen Obelisken, die den Himmel durchbohren, seiner spannungsgeladenen, aufrechten Haltung. New York, eine strenge Stadt, ohne Erbarmen für Liebende, eine Stadt, in der Detektive in Hotelzimmer geschickt werden, um die Liebenden aufzuspüren. Es ist dieselbe Stunde, in der der französische Kellner die Liebespaare fragt: »Wünschen Sie ein *cabinet particulier?*« Zur selben Stunde fließen in New York alle Energien in Stahlkonstruktionen, werden Öl-

quellen gebohrt, wird Elektrizität gewonnen und das alles für die Macht.
Jay schlenderte dahin wie ein Lumpensammler, der schöne Augenblicke sammelt. Er ging durch Straßen der Freude. Er warf alles ab, was ihn störte, und sammelte nur, was ihm gefiel. Er bemerkte mit Vergnügen, daß das verwaschene und verblaßte Blau der Café-Markise zu dem verwaschenen und verblaßten blauen Zifferblatt der Kirchturmuhr paßte.
Dann sah er den Tisch, an dem Lillian saß und sich mit Sabina unterhielt. Und da er wußte, daß sein Traum, ein großer Maler zu werden, sicher in den Augen von Djuna aufbewahrt wurde (verdammte Frauen!), beschloß er, sich dagegen zu versündigen und in die seichteren Phantasien zu versinken, die der Absinth gebar.

Djuna erwachte aus einen tiefen Traum, und das Öffnen ihrer Augen war wie das Wegziehen dichter Schleier, von tausend übereinanderliegenden Schleiern. Sie fühlte sich wie ein Trapezkünstler, der sich in den weiten Raum geschwungen hat und plötzlich in seinen Händen das rauhe Seil des Trapezes spürt.
Sie erwachte zu der schmerzlichen Erkenntnis, daß dies ein Tag war, an dem sie von einer Stimmung beherrscht wurde, die sie von jeder Gemeinschaft abschnitt.
In solchen Momenten hatte sie die klarsten Eingebungen. Plötzliche Verbindungen mit den tiefsten Ich anderer, und sie ahnte die verborgensten Leiden.
Aber wenn sie aus diesem Wissen heraus sprach, fühlten sich die anderen unbehaglich und erkannten die Wahrheit dessen, was sie sagte, nicht. Sie fühlten sich stets bloßgestellt und waren schnell bereit, sich zu rächen. Sie beeilten sich, diese Enthüllung des Ich, das sie nicht kannten, mit dem sie nicht vertraut waren oder das ihnen nicht gefiel, zu verhindern. Sie beschuldigten Djuna einer exzessiven Phantasie und der Übertreibung.
Sie beharrten darauf, nur in den gewohnten Bahnen, nur an der Oberfläche ihrer Persönlichkeit zu leben, und was Djuna gefunden hatte, lag tiefer, dort, wo sie es nicht se-

hen konnten. Sie fühlten sich wohl in ihren Unaufrichtigkeiten, und die Nacktheit von Djunas Einsicht schien sie in die offenen Unterwelten hinabzuzwingen, deren Zugänge im täglichen Umgang stillschweigend verschlossen blieben.

Sie beschuldigten Djuna, in einer Welt der Illusionen zu leben. Sie dagegen lebten ihrer Überzeugung nach in der Realität.

Ihre Unaufrichtigkeit hatte den Anschein von Stabilität und wurde vom Augenfälligen ohne Einschränkung unterstützt.

Im Gegensatz dazu fühlte Djuna, daß sie in Verbindung mit den geheimen Wünschen, den geheimen Ängsten und geheimen Intentionen stand. Und sie vertraute dem, was sie sah.

Sie führte ihre Schwierigkeiten nur auf die allzu große Schnelligkeit ihres Lebensrhythmusses zurück. Beweise folgten immer später – zu spät, um für ihr Leben in der Welt von Nutzen zu sein, aber nicht zu spät, um dieser Stadt des Inneren, an der sie baute, zu der niemand Zugang hatte, hinzugefügt zu werden. Sie war aber nicht erstaunt, daß die Menschen das Ich verrieten, das Djuna erkannte. Dieses Ich zu akzeptieren würde die totale Auslieferung ihrer Persönlichkeit bedeuten. Sie wußte, daß diese völlige Auslieferung ein Schmerz ist. Ein Wissen um alles, was man werden und erreichen konnte. Es war eine Bedrohung aller menschlicher Freude und allen menschlichen Lebens. Sie konnte gut verstehen, daß man ihm den Rücken kehrte, und doch wußte sie auch, daß eine andere Qual auf sie wartete, wenn sie dies taten: der Schmerz, die eigenen Träume nicht verwirklicht zu haben.

Sie wäre gerne den Ansprüchen, die sie an sich selbst stellte, entronnen. Aber selbst in Zeiten, in denen sie das Verlangen überkam, blind zu werden, sich treiben zu lassen, ihre Träume aufzugeben und in die Negation auszuweichen, in Zerstörung, trug sie in sich etwas, das die Atmosphäre veränderte, die sie suchte; und es erwies sich als stärker als der Ort oder die Menschen, denen sie erlaubt hatte, sie mit ihrem Zerfall zu infizieren, ihrem Verrat an dem ursprünglichen Traum, den sie von sich hatten.

Selbst wenn sie sich von allem, was menschlich war, vergiften ließ, von Niederlagen, Eifersucht, Krankheit, Kapitulation und Blindheit, trug sie eine Essenz in sich, die wie ein Gegengift wirkte, und durch die sich Verzweiflung in Hoffnung, Bitterkeit in Vertrauen, Abtreibung in Geburt und Schwere in Leichtigkeit verwandelte.

In ihren Händen veränderten sich Substanz, Qualität, Form und Absicht.

Djuna konnte sehen, wie es gegen ihren Willen geschah, und sie wußte nicht, warum es geschah.

Geschah es, weil sie jeden Tag von neuem begann, wie Kinder es tun, ohne Erinnerung an Niederlagen und Haß und ohne Erinnerung an Katastrophen? Gleichgültig, was am Tag zuvor geschehen war, sie erwachte immer in Erwartung eines Wunders. Immer lösten sich ihre Hände zuerst aus den Laken – Hände ohne Erinnerungen, Wunden, Gewichte, und diese Hände tanzten.

Dies war ihr Erwachen. Ein neuer Tag war ein neues Leben. Jeder Morgen war ein neuer Anfang.

Keine Rückstände von Schmerz, von Trauer. Aber auch keine stillen Teiche angewachsener Bitternis.

Djuna glaubte, man könne neu beginnen, so oft man den Mut dazu aufbrachte.

Die einzige Säure, die es in ihr gab, war die Säure, die Schwielen und Hornhaut auflöste, mit denen das Leben Sensibilität überwucherte.

Jeden Tag blickte sie mit den Augen des Vertrauens auf die Menschen. Sie stellte ihnen ein unbegrenztes Vertrauen zur Verfügung. Da sie das gegenwärtige Ich nicht als endgültig hinnahm und nur die Möglichkeiten der Entwicklung sah, schuf sie ein Klima unendlicher Möglichkeiten.

Es störte sie nicht, daß sie durch diese Erwartung eines Wunders sich selbst ungeheuren Enttäuschungen aussetzte. Wenn sie als Mensch darunter litt, daß die anderen sich und sie verrieten, dann zählte das nicht – wie die Schmerzen bei der Geburt.

Sie glaubte, daß der Traum, den die Menschen in sich trugen, der größte Hunger der Menschen war. Wenn Statistiken erstellt würden, könnte man feststellen, daß mehr Menschen an abgetöteten Träumen sterben als an körperlichen Leiden. Es gibt mehr Tote durch Abtreibung von Träumen als durch Abtreibung von Kindern; mehr Tote durch Ansteckung mit Verzweiflung als durch Ansteckung mit Krankheiten.

Da sie dieses unwiderrufliche Wissen in sich trug, wurde sie häufig ein Opfer seltsamer Rache: die Rache der Menschen an dem Bild ihres unerfüllten Traums. Wenn sie Djuna vernichten konnten, gelang es ihnen vielleicht, das quälende Bild ihres vollkommenen Ich zu vernichten und von ihm erlöst zu werden.

Sie kannte nur einen Menschen, der sie vielleicht aus dieser Welt befreien konnte, aus dieser Stadt des Inneren, die jenseits der Identität lag.

Vielleicht konnte sie von Jay lernen, in eine bevölkerte Welt zu gelangen und die intensive Selektion des Traums aufzugeben (*dieser* Mensch paßt in meinen Traum, jener nicht).

Der Träumer lehnt das Gewöhnliche ab.

Jay zog das Gewöhnliche an. Er war mit den ungeformten Fragmenten der Menschen, mit den unvollständigen Menschen zufrieden: ein unbedeutender Arzt, ein zweitklassiger Maler, ein mittelmäßiger Schriftsteller – Durchschnitt auf jedem Gebiet.

Für Djuna mußte es immer das Gegenteil sein: ein außergewöhnlicher Arzt, ein einzigartiger Schriftsteller, das Beste auf einem Gebiet, das durch seine Vollkommenheit, durch seine Größe zu einem Symbol werden konnte.

Jay war der lebende Beweis, daß in dieser Hinnahme des Gewöhnlichen das Vergnügen lag. Sie wollte von ihm lernen. Sie wollte von ihm lernen, das tägliche Brot zu lieben. Er gab ihr alles in unverwandeltem Zustand: Nahrung, Häuser, Straßen, Cafés und Menschen. Er zeigte ihr den Weg zurück zu den einfachen Dingen.

Irgendwo im Labyrinth ihres Lebens war das Brot auf ihrer Zunge zu einer Hostie verwandelt worden, mit der ganzen Unbestimmbarkeit des Symbols. Kommunion war der Weg gewesen, auf dem sie das Leben kennengelernt hatte. Das Leben als Kommunion, nicht als Brot und Wein. Anstelle von Brot die Hostie. Anstelle von Blut den Wein.

Jay gab ihr die dichtbevölkerte Welt unverwandelt zurück. Er hatte sie einmal damit geneckt, daß er sagte, er habe ihr Portrait auf einer Seite des Wörterbuchs unter *Trans* gefunden: Transmutation, Transformation, Transmission etc.

In der Welt des Träumers herrscht Einsamkeit: alle Glückszustände und freudige Stimmungen stellten sich im Moment der Vorbereitung auf das Leben ein. Sie ereigneten sich in der Einsamkeit. Aber beim Agieren in der Realität trat Angst auf und das Gefühl einer unermeßlichen Anstrengung, um dem Traum gerecht zu werden. Daraus resultierte Müdigkeit, Entmutigung und erneute Flucht in die Einsamkeit. Wieder in der Einsamkeit, in der Opiumhöhle der Erinnerung, erwachte die Möglichkeit der Freude von neuem.

Was versuchte sie aus dem täglichen Strom des Lebens zu retten? Welch plötzlicher Abscheu trieb sie in die Einzelzelle des Traums zurück?

Sollte Jay sie aus den Städten des Inneren führen.

Sie arbeitete wie gewöhnlich. Sie ging zu ihren Tanzstunden. Sie trug ihre Schuhe zum Schuhmacher, und dann machte sie sich auf den Weg in das Café.

Der Schuhmacher arbeitete unter einem offenen Fenster zur Straße.

Wann auch immer Djuna an diesem Fenster vorüberging, sah sie den Schuhmacher auf seinem niedrigen Schemel sitzen. Sein Kopf war über seine Arbeit gebeugt. Er hielt einen Nagel zwischen seinen Lippen und einen Hammer in seiner Hand.

Sie brachte ihm alle ihre Schuhe zur Reparatur. Er liebte genau wie sie ausgefallene Schuhe. Sie brachte ihm Slipper aus Montenegro, deren Spitzen wie der Bug von Galeeren nach oben wiesen, Slipper aus Marokko, die mit Goldfäden bestickt waren, und Sandalen aus Tibet.

Seine Augen wanderten von seiner Arbeit zu dem Paket, das sie trug, als erwarte er ein Geschenk.
Er nahm die Pelzstiefel aus Lappland in die Hand, die er noch nie gesehen hatte, und die Einfachheit ihrer Nähte, die mit Fäden aus Rentierdärmen handgenäht waren, beeindruckten ihn. Er fragte nach ihrer Geschichte.
Djuna mußte ihm nicht erklären, daß sie nicht weit genug reisen konnte, um die Ruhelosigkeit ihrer Füße zu beschwichtigen, und daß sie deshalb wenigstens Schuhe aus den Orten trug, die sie vielleicht niemals besuchen würde. Sie mußte ihm nicht erklären, daß sie sich durch Schneewüsten gehen sah, wenn sie auf ihre Füße blickte, die in Lapplandstiefeln steckten.
Die Schuhe trugen sie überall hin. Unermüdliche Schuhe, die unaufhörlich über die ganze Welt liefen.
Der Schuhmacher reparierte sie alle mit dem Wissensdurst eines großen Reisenden. Er respektierte die Zeichen der Abnutzung, als käme Djuna von all den Reisen zurück, die sie hatte unternehmen wollen. Es war nicht der Staub und Schmutz von Paris, den er abbürstete, sondern Staub aus Ägypten, Griechenland und Indien. Jeder Schuh, den sie ihm brachte, schenkte auch ihm eine Reise. Er respektierte die Abnutzung als ein Zeichen zurückgelegter Entfernungen und zerrissene Riemen als Hinweis auf Entdekkungen; gebrochene Absätze erzählten von einem Unfall, der nur Entdeckern zustößt.
Er saß immer auf seinem Schemel. Aus seinem Kellerzimmer blickte er durch sein Fenster zur Straße hinauf. Er konnte nur die Füße der Passanten sehen.
»Ich liebe einen Fuß, der elegant ist. Manchmal sehe ich tagelang nur häßliche Füße. Und dann vielleicht ein Paar schöne Füße. Das macht mich glücklich.«
Als Djuna ging, verließ er zum ersten Mal seinen niedrigen Arbeitsschemel und ging hinkend vor ihr her, um ihr die Tür zu öffnen. Er hatte einen Klumpfuß.
Einmal war Djuna von ihren besorgten Eltern in der Ecke eines Zimmers gefunden worden. Sie hatte sich völlig unter einem Schal verborgen. Die Besorgnis der Eltern, die sie lange Zeit gesucht hatten, verwandelte sich in Ärger.

»Was tust du hier? Weshalb versteckst du dich unter einem Schal?«
Und sie hatte geantwortet: »Reisen, ich reise.«
Die Rue de la Santé, die Rue Dolent, die Rue des Saint-Pères wurden Bombay, Ladoma, Budapest und Lavinia.
Die Städte des Inneren glichen Fez. Sie waren verschlungen, endlos, geheimnisvoll und nicht kartographierbar.
Dann sah sie Jay, der mit Lillian, Donald, Michael, Sabina und Rango am Caféhaustisch saß. Sie gesellte sich zu ihnen.

Faustin der Zombie, wie ihn jeder nannte, erwachte in seinem Zimmer. Er glaubte, er habe dieses Zimmer blindlings gewählt. Aber es spiegelte die Form seines inneren Ich so exakt, als habe er jedes Element seines Ich in einen Teppich verwandelt oder in ein Möbelstück. Das erste Merkmal bestand darin, daß man das Zimmer nicht durch die Eingangstür der Wohnung betrat, sondern es über einen dunklen und gewundenen Flur erreichte. Er hatte die Fensterscheiben mit einem glänzenden Material beklebt. Dadurch wirkten Möbel und Bücher, als seien sie in einem Lagerraum abgestellt, verhüllt und eingelagert. Der Geruch, den sie verströmten, war der Geruch des Winterschlafs.
Man erwartete, riesige Hüllen über Stühle und Sofa fallen zu sehen. Stühle standen trostlos vereinzelt und mußten mit Nachdruck verrückt werden, um mit den anderen Stühlen in eine Beziehung zu treten. In den Kissen schlummerte Trägheit. Das welke Material der Sofadecke verströmte Indifferenz. Der Tisch in der Mitte des Zimmers versperrte den Durchgang, und die Lampe verbreitete ein müdes Licht. Die Wände des Zimmers absorbierten das Licht, ohne es zurückzustrahlen.
Zombies Gleichgültigkeit übertrug sich auf das ganze Zimmer. Wie die Menschen brauchen die Gegenstände menschliche Wärme, um zu erblühen. Eine Lampe verströmt ein dünnes oder ein verschwenderisches Licht in

Übereinstimmung mit dem inneren Licht, das man selbst verströmt. Sogar Staub wird vom Geist seines Meisters beseelt. Es gibt Zimmer, in denen Staub glänzt. Es gibt Zimmer, in denen Nachlässigkeit lebendig wirkt, wie die Unordnung von jemanden, der zu wichtigen Dingen eilt. Aber in Faustins Zimmer herrschte noch nicht einmal die Unordnung, die von emotionalen, sinnlichen Abenteuern spricht.

Die Wände des Hauses waren sehr dünn, und er konnte deutlich hören, was in den anderen Zimmern vor sich ging.

An diesem Morgen erwachte er von einem gut vernehmbaren Dialog zwischen einem Mann und einer Frau.

MANN: Es ist unglaublich, wir leben jetzt sechs Jahre zusammen, und ich mache mir noch immer Illusionen über dich. Bei keiner anderen Frau habe ich das erlebt.

FRAU: Sechs Jahre!

MANN: Ich möchte gerne wissen, wie oft du mir untreu warst.

FRAU: Ich will auch nicht wissen, wie oft du mir untreu warst.

MANN: Ach, ich? Nur ein paarmal. Und immer nur dann, wenn du mich verlassen hattest, und ich einsam war, und ich mich darüber ärgerte, daß du mich verlassen hattest. In dem Sommer am Strand ... Erinnerst du dich an Paulette, das Mannequin?

FRAU: Ich habe dich nicht danach gefragt, ich will es nicht wissen.

MANN: Aber ich will es wissen. Ich weiß, du bist mit dem Sänger auf und davon. Warum? Ein Sänger! Ich könnte nicht mit einem Sänger schlafen.

FRAU: Aber du hast mit einem Mannequin geschlafen.

MANN: Das ist etwas anderes. Du weißt, das zählt nicht. Du weißt, du bist für mich die Einzige.

FRAU: Aber es zählt, wenn ich mit ihm geschlafen hätte.

MANN: Bei einer Frau ist das etwas anderes. Warum? Warum hast du das getan? Was hat dich dazu veranlaßt, mit diesem Sänger zu gehen? Warum? Ich liebe dich doch so sehr, und ich begehre dich so oft.

Schweigen.
FRAU: Ich glaube, wir sollten nicht darüber reden. Ich will auch nichts von dir wissen. (Sie weint.) Ich wollte niemals daran denken, und jetzt hast du mich daran erinnert.
MANN: Du weinst. Aber es ist nichts. Ich habe es sofort vergessen. Und in sechs Jahren geschah es nur ein paarmal. Ich bin sicher, bei dir war es häufiger.
FRAU: (Sie weint noch immer.) Ich habe dich nicht gefragt. Warum mußtest du mir das erzählen?
MANN: Ich bin ehrlicher als du.
FRAU: Es ist nicht Ehrlichkeit. Es ist Rache. Du hast es mir nur erzählt, um mich zu verletzen.
MANN: Ich habe es dir erzählt, weil ich dachte, es würde dich dazu bringen, ehrlich mit mir zu sein.
Schweigen.
MANN: Wie hartnäckig du bist. Weshalb weinst du?
FRAU: Nicht wegen deiner Untreue.
MANN: Also weinst du über deine eigene Untreue.
FRAU: Ich weine über die Untreue im allgemeinen – wie die Menschen sich gegenseitig verletzen.
MANN: Untreue im allgemeinen! Was für eine gute Methode, die eigene zu übersehen.
Schweigen.
MANN: Ich möchte gerne wissen, wo du es gelernt hast, wo du deine Erfahrungen gesammelt hast. Von wem hast du es gelernt? Du weißt, was nur wenige Frauen wissen.
FRAU: Ich habe es gelernt ... indem ich mich mit anderen Frauen unterhalten habe. Außerdem habe ich eine natürliche Begabung.
MANN: Ich stelle mir vor, Maurice hat dir das meiste beigebracht. Es macht mich rasend zu sehen, was du alles weißt.
FRAU: Ich habe dich nie gefragt, wo du es gelernt hast. Außerdem, es ist immer persönlich. Jedes Paar hat seine eigene Art.
MANN: Ja, das stimmt. Manchmal habe ich erreicht, daß du vor Lust geschrien hast.
FRAU: (weint) Warum sprichst du in der Vergangenheit?
MANN: Warum bist du mit dem Sänger gegangen?

FRAU: Wenn du so sehr darauf bestehst, dann werde ich dir etwas erzählen.
MANN: (mit gepreßter Stimme) Über den Sänger?
FRAU: Nein, etwas anderes. Einmal habe ich versucht, untreu zu sein. Du hattest mich vernachlässigt. Ein anderer gefiel mir. Alles wäre gut gegangen, wenn er nicht dieselbe Gewohnheit wie du gehabt hätte, am Anfang zu sagen: ›Du hast die zarteste Haut der Welt.‹ Und als er das sagte, ganz so wie du, erinnerte ich mich daran, daß du das sagst. Da verließ ich den Mann, ich lief davon. Nichts war geschehen.
MANN: Aber immerhin hatte er Gelegenheit, deine Haut zu beurteilen.
FRAU: Ich sage dir die Wahrheit.
MANN: Jetzt hast du nichts mehr, worüber du weinen mußt. Du hast dich gerächt.
FRAU: Ich weine über die Untreue im allgemeinen. Über all die Treulosigkeit.
MANN: Ich werde dir nie verzeihen.
FRAU: Einmal in sechs Jahren.
MANN: Ich bin sicher, es war der Sänger.

Faustin, der im Liegen eine Zigarette rauchte, während er zuhörte, spürte den dringenden Wunsch, die Unterhaltung zu kommentieren. Er klopfte ärgerlich gegen die Wand. Der Mann und die Frau verstummten augenblicklich.
»Hören Sie«, rief er mit seiner lautesten Stimme, »ich habe Ihr ganzes Gespräch mitangehört. Meiner Meinung nach ist in diesem Fall der Mann im Unrecht, und die Frau hat recht. Sie war treuer als der Mann. Sie war der gemeinsamen Liebe treu, dem gemeinsamen Ritus.«
»Wer sind Sie?«, fragte der Mann in dem anderen Zimmer gereizt.
»Niemand Besonderer, nur ein Nachbar.«
Es folgte ein langes Schweigen.
Dann hörte man das Geräusch einer Tür, die heftig zugeschlagen wurde. Faustin hörte das leise Rascheln einer

Person, die sich im Nebenzimmer bewegte. Den Schritten nach zu urteilen, hatte der Mann das Zimmer verlassen.
Faustin legte sich wieder hin und dachte über seine eigene Angst nach.
Er fühlte sich in diesem Augenblick wie eine Puppe, aber ihm wurde bewußt, daß ihm dies alles bereits häufig widerfahren war, aber niemals so deutlich.
Für ihn hatte das ganze Leben in einem anderen Zimmer stattgefunden. Und er war immer der Zeuge gewesen. Er war immer der Kommentator gewesen.
Er fühlte sich schuldig, gelauscht zu haben, und es war die Schuld, die er in anderen Zusammenhängen empfand, die Schuld, niemals gehandelt zu haben.
Er begleitete immer jemanden zu einer Hochzeit, aber ging nie zu seiner eigenen. Er begleitete jemanden in ein Krankenhaus, zu einer Beerdigung, zu einer Feier, und er war nie an dem Geschehen beteiligt. Er war immer der Begleiter.
Er gestattete den anderen, für ihn zu leben, und fällte dann ein Urteil über sie. Er gestattete Jay, für ihn zu malen, und schrieb dann ironische Artikel über seine Bilder. Er gestattete Sabina, andere mit ihrer Leidenschaft zu verzehren, und er lächelte über die, die sie erhörte oder abwies. Jetzt, in diesem Augenblick schämte er sich, nicht derjenige zu sein, der erhört oder abgewiesen wurde. Er gestattete, Djuna zu sprechen, Michael die tragischen Folgen seiner Deviationen der Liebe zu tragen. Er erlaubte anderen zu weinen, sich zu beklagen, zu sterben.
Alles, was er tat, geschah über eine schützende Mauer hinweg. Er klopfte ärgerlich an eine Wand und sagte: ›Sie haben recht, und sie haben unrecht.‹
Diese Gedankengänge bereiteten ihm Unbehagen, und er beschloß, ins Café zu gehen.

Jeder nannte ihn Onkel Philip, selbst die, die nicht mit ihm verwandt waren.
Er hatte den gemessenen Gang eines Bestattungsunternehmers, die salbungsvolle Stimme eines Aufsichtsbeamten.
Er trug immer Handschuhe, seine Schuhe waren immer neu besohlt, sein Schirm steckte stets in der Hülle.
Es war unmöglich, sich ihn als Kind vorzustellen oder als Jugendlichen. Man glaubte ihm, daß er aus dieser Zeit seines Lebens keine Photographien besaß. Er war taktvoll genug, niemals über diese offensichtlich nichtexistente Facette seiner Persönlichkeit zu sprechen. Er war mit grauen Haaren, schlank und höflich geboren worden.
Er trug nur die unauffälligsten Anzüge, und das mit der Haltung eines Mannes, der dabei ist, einen Trauerfall bekanntzugeben. Aber Onkel Philip verwirklichte diese Drohung nie und war zufrieden damit, die Aktivitäten der großen, bunten, internationalen Familie, mit der er verwandt war, genauestens zu registrieren und darüber zu berichten.
Niemand konnte ein Land erwähnen, in dem Onkel Philip nicht einen Verwandten hatte, der …
Niemand konnte eine Persönlichkeit aus der Welt der Gesellschaft, der Politik, der Kunst oder der Finanzen erwähnen, in der Onkel Philip nicht ebenfalls einen Verwandten hatte, der …
Niemand dachte je daran, ihn nach seinem eigenen Beruf zu fragen. Man akzeptierte ihn als Zeugen.
Durch einen Akt höflicher Geschicklichkeit und Pünktlichkeit gelang es Onkel Philip, an einer Zeremonie in Indien teilzunehmen, bei der ein Mitglied der Familie für außerordentliche Tapferkeit ausgezeichnet wurde. Er war in der Lage, alle Einzelheiten des Vorgangs mit einer Präzision und Farbe zu beschreiben, die Bildern aus der Zeitschrift *National Geographic* ähnelten.
Ein paar Tage später nahm er bereits an der Hochzeit eines anderen Mitglieds der Familie in Belgien teil, von der er mit Beobachtungen über die Hartnäckigkeit des Dufts katholischen Räucherwerks zurückkam.

Und ein paar Tage später war er als Pate eines Neugeborenen in Ungarn, und danach begab er sich nach Paris, um das erste wichtige Konzert der Saison zu hören, das wiederum von einem anderen Verwandten gegeben wurde.
Liebenswürdig und höflich nahm er im Hintergrund an all den Feiern teil und blieb doch immun gegen die Wirkung von Farben, Fröhlichkeit und Ruhm. Auf seine Grauheit fiel kein Glanz von Erfolg, Blumensträußen und Händeschütteln. Sein Stolz auf das Ereignis war historisch und warf kein Licht auf sein privates Leben.
Er war der Zeuge.
Er fühlte sich weder geehrt, noch war er beschämt (er war auch bei der Hinrichtung eines weniger bedeutenden Mitglieds der Familie auf dem Elektrischen Stuhl anwesend).
Er tauchte beinahe aus dem Nichts auf, wie man es von einem Familiengeist erwartet, und unmittelbar nach der Zeremonie, nachdem er Wein, Speisen, Konfetti, Reden oder Urteilsvollstreckung zusammen mit den anderen genossen hatte, verschwand er, wie er gekommen war, und niemand erinnerte sich an ihn.
Er, der Tausende von Meilen gereist war, um dem Stammbaum der Familie zu dienen, um diese verästelte und zerfallende Familieneinheit zu festigen; er wurde sofort vergessen.
Natürlich war es einfach genug, die Karrieren der berühmteren Mitglieder der Familie zu verfolgen, die im Auge zu behalten, die konventionelle Hochzeiten und Scheidungen zelebrierten oder solch klassische Ereignisse wie Premieren, Empfänge am englischen Königshof, Ehrungen durch die Academie Française. All dies wurde in den Zeitungen veröffentlicht, und Onkel Philip mußte nur jeden Morgen die Kolumnen aufmerksam lesen.
Aber seine Ergebenheit für die Familie war nicht nur auf die augenfällige Teilnahme an den großen Ereignissen des Familienclans beschränkt. Er gab sich nicht damit zufrieden, auf Friedhöfen zu erscheinen, in Kirchen, in den Privathäusern, Sanatorien und Kliniken.
Mit gleichem Eifer und größter Genauigkeit verfolgte er

das verborgenere Geschehen. Wenn ein Verwandter eine unpassende Liaison einging, war Onkel Philip der erste, der anrief und vorgab, es sei alles in bester Ordnung, und keine Höflichkeitsbezeigung unterließ.
Das wahre Geheimnis lag in dem Widerspruch, daß nicht der geringste Glanz dieser Ereignisse (denn selbst die Hinrichtung auf dem Elektrischen Stuhl war nicht ohne Einmaligkeit, da die Elektrizität versagte) auf Onkel Philip fielen. Während er sich in dem üppig knospenden Stammbaum bewegte, verblaßte er von Jahr zu Jahr ein wenig mehr, wurde er ein bißchen routinierter, ein wenig förmlicher – wie eine hölzerne Figur, die unwiderrufliche Langeweile verkörpert.
Sein Gesicht blieb unveränderlich grau, seine Anzüge trugen sich gleichmäßig ab, seine Sohlen wurden unmerklich dünner, seine Handschuhe nutzten sich ab, nicht nur ein Finger, sondern alle gleichzeitig, wie es sein sollte.
Er blieb jedoch aufmerksam in der Ausübung seiner Pflichten. Sein Genius, die ungewöhnlichsten Familienereignisse aufzuspüren, führte ihn zu seinem glanzvollsten Bravourstück.
Eine Verwandte wollte den Atlantik in Begleitung eines Mannes überqueren, der nicht ihr Ehemann war. Sie gab ihren Freunden ein falsches Abfahrtsdatum bekannt und buchte ein Schiff, das einen Tag früher auslief.
Als sie mit ihrem kompromittierenden Begleiter an Deck auf und ab ging, bedauernd an die Blumen, das Obst und die Bücher dachte, die auf dem anderen Schiff auf sie warteten und so für sie verloren waren, stand plötzlich Onkel Philip vor ihr, der ein kleines Bouquet trug und liebenswürdig sagte: »*Bon voyage!* Richte bitte Grüße an die Familie in Amerika aus.«
Eigentlich war es nur überraschend, daß Onkel Philip sie nicht bei ihrer Ankunft auf der anderen Seite des Ozeans begrüßte.
»Werde ich alt?«, fragte sich Onkel Philip, als er aufwachte, die Zeitung an seiner Wohnungstür holte und mit dem Frühstückstablett zurück ins Bett ging.
Er verlor das Interesse an Stammbäumen.

Er dachte an das Café und an alle die Leute, die er dort gesehen, die er beobachtet und denen er zugehört hatte. Ihren Gesprächen nach schienen sie ohne Eltern, ohne Verwandte geboren worden zu sein. Sie waren alle davongelaufen. Sie hatten sich von der Vergangenheit gelöst, oder sie vergessen. Niemand von ihnen erkannte Eltern oder Nationalitäten an.

Wenn er sie befragte, reagierten sie gereizt oder zogen sich von ihm zurück. Er hielt sie für entwurzelt, und doch spürte er, sie waren miteinander verbunden und standen miteinander in Beziehung, als hätten sie neue Bande geknüpft, eine neue Familie gefunden, ein neues Land.

Er war der Einsame. Er war der *Esprit de Famille*.

Der Saft, der durch den Familienbaum floß, hatte in ihm keine Blüten hervorgebracht wie der Saft, der durch diese Menschen floß, die da zusammensaßen.

Er wollte aufstehen, sich anziehen und unter ihnen sitzen.

Er erinnerte sich an ein Bild, das er in einem Buch über Mythologie gesehen hatte. Es war das Bild eines riesigen korallenroten und goldenen Baums, und auf der Spitze eines jeden Zweiges saß eine mythologische Gestalt, ein Mann, eine Frau, ein Kind, ein Priester oder ein Poet, ein Schriftgelehrter, ein Leierspieler, ein Tänzer, eine Göttin, ein Gott, und alle saßen mit einer geheimnisvollen Zufriedenheit über die Einheit auf demselben Baum.

Als Donald seine Wohnung verlassen mußte, weil er nicht in der Lage war, seine Miete zu bezahlen, waren sie alle in der Nacht gekommen. Sie hatten eine Kette gebildet und ihm geholfen, seine Habe durch das Fenster der Wohnung herauszuholen. Allerdings waren sie dauernd in Gefahr gewesen, durch ihr ununterdrückbares Lachen entdeckt zu werden.

Als Jay ein Bild verkauft hatte, kam er in das Café, um zu feiern. Und an diesem Abend konnte jeder essen, was er wollte.

Als Lillian ein Konzert gab, gingen sie alle dorthin, und ihr überschwenglicher Applaus schuf eine Welle der Sympathie.

Als Stella von Adligen eingeladen wurde, den Sommer auf

einem Landsitz in Südfrankreich zu verbringen, lud sie alle dazu ein.
Als der Ballettmeister an Asthma erkrankte und keine Tanzstunden mehr geben konnte, wurde er von allen unterstützt.
Es war eine andere Art Familie, und Onkel Philip wünschte, das Geheimnis ihrer Abstammung zu ergründen.
Von dieser Neugierde erfüllt, zog er sich an und ging in das Café.

Michael genoß es, als erster aufzuwachen. Er betrachtete das Gesicht des schlafenden Donald in den Kissen, als könne er aus der Realität des Gesichts des schlafenden Donald, der neben ihm lag, eine Sicherheit gewinnen, die seine Furcht beschwichtigen würde. Eine Sicherheit, die Donald, nachdem er einmal erwacht war, im Lauf des Tages und des Abends schrittweise zerstören würde.
Donald konnte zu keiner Stunde Michael das Wort und den Blick schenken, die er brauchte, und nicht die kleinste Geste seiner Liebe.
In diesem Augenblick entsprachen Michaels Gefühle den Gefühlen Lillians gegenüber Jay.
Wie Lillian sehnte er sich nach einem kleinen Geschenk, das ihm zeigen würde, daß Donald ihm ein Geschenk machen wollte.
Wie Lillian sehnte er sich nach einem Wort, das er in seinem Innern verschließen konnte, und das ihm zeigte, daß er im Mittelpunkt stand. Wie Lillian sehnte er sich nach einem Augenblick leidenschaftlicher Intensität, der wie diese glühenden Feuer in den Eisengießereien ist, aus denen das Eisen glänzend hervorkommt, geschmolzen und geläutert.
Er mußte mit dem Donald zufrieden sein, der in seinen Kissen schlief.
Zufrieden mit Donalds Gegenwart.
Aber sobald er seine Augen öffnete, würde Donald beginnen, eine Welt zu weben, sich in eine Welt einzuspinnen,

die für Michael so unzugänglich war wie die proteische, fließende Welt von Jay für Lillian.
Dieses Einspinnen begann stets mit Donalds kleinen Nonsens-Liedern, mit denen er seine Stimmung für den Tag zu erkennen gab, und die für Michael eine Spur zu hoch waren, um einstimmen zu können, und die er nicht sang, um sich Freude zu verschaffen. Er sang sie in einem trotzigen Tonfall als Provokation für Michael:

»Nichts geht verloren, alles ändert sich,
in der neuen Schnur die alte Schnur,
in dem neuen Sack ein alter Sack …«

»Michael«, sagte Donald, »heute würde ich gerne in den Zoo gehen und das neue Wiesel sehen, das so jämmerlich heulte, als es alleingelassen wurde.«
Michael dachte: »Wie menschlich von ihm, für ein Wiesel Mitleid zu empfinden, das in der Einsamkeit seines Käfigs klagt.« Und Donalds Mitleid für das Wiesel ermutigte ihn, zärtlich zu fragen: »Würdest du genauso weinen, wenn du alleingelassen würdest?«
»Im Gegenteil«, antwortete Donald, »mir würde das nichts ausmachen. Ich bin gerne allein.«
»Es würde dir nichts ausmachen, wenn ich dich verließe?«
Donald zuckte mit den Schultern und sang:

»In der neuen Pfanne altes Blech,
in der neuen Seide altes Haar,
in dem neuen Hut altes Stroh …«

»Und überhaupt«, sagte Donald, »gefällt mir im Zoo nicht das Wiesel am besten, sondern das Rhinozeros mit seiner phantastisch dicken Haut.«
Unerklärlicherweise ärgerte sich Michael darüber, daß Donald das Rhinozeros und nicht das Wiesel bevorzugte. Er ärgerte sich, daß Donald die Unempfindlichkeit der Rhinozeroshaut bewundern konnte, als wolle Donald ihn betrügen und äußere deshalb den Wunsch, Michael solle weniger verwundbar sein.
Aber wie, wie sollte Michael Unempfindlichkeit erreichen, wenn jede Geste Donalds einem Rhythmus ent-

sprang, der sich von seinem unterschied? Wenn er unfaßbar blieb, selbst in den Augenblicken, in denen er sich hingab.
Donald sang:

»In dem neuen Mann das Kind,
und das Neue nicht neu,
das Neue nicht neu,
das Neue nicht neu ...«

Dann setzte er sich hin, um einen Brief zu schreiben, und er glich dabei einem Schuljungen. Seine Konzentration verriet Unbeholfenheit. Er war es nicht gewöhnt, sich zu konzentrieren. Er versuchte, sich voll Ungeduld der Aufgabe zu entledigen. Und die kleine Zeile seines Liedes, der Michael nicht erlaubt hatte, in sein Herz einzudringen, wurde lauter und bedeutungsvoller: In dem neuen Mann das Kind.
Während Donald saß und auf seinem Füllhalter kaute, konnte Michael erkennen, wie er sich darauf vorbereitete, zu tanzen, zu springen, zu hüpfen, zu lachen, aber nur in einem Kreis, in dem er keinen Partner zuließ.
Um das Eingeständnis einer Diskrepanz zu vermeiden, die bei einem Besuch des Zoologischen Gartens verstärkt würde, schlug Michael Donald vor, auf den Flohmarkt zu gehen. Er wußte, daß der Flohmarkt einer von Donalds beliebtesten Bummelplätzen war.
Dort lagen auf der Straße, auf den Gehwegen alle Dinge ausgebreitet, die die Phantasie hervorbringen und aufzubieten vermochte.
Hier lagen alle Dinge der Welt, und sie trugen die Patina des bereits Benutzten. Sie waren geliebt, gehaßt, getragen und weggeworfen worden.
Dort fand Donald den Mechanismus einer Spieluhr ohne Gehäuse. Er hielt nur ein Skelett aus feinen Drähten in der Hand, und auf seinem Handteller erklang eine zarte Melodie. Michael hatte unterdessen bedächtig suchend ein seltenes astronomisches Buch entdeckt.
Donald legte die Spieluhr an sein Ohr und sagte dann zu Michael: »Kauf mir diese Uhr, sie gefällt mir.«

Unter freiem Himmel war kaum etwas zu hören, aber Donald hielt sie nicht an Michaels Ohr. Donald schien einer Musik zu lauschen, die nicht für Michaels Ohren bestimmt war.
Michael kaufte ihm die Spieluhr, wie man für ein Kind ein Spielzeug kauft, ein Spielzeug, mit dem man nicht gemeinsam spielen wird. Für sich kaufte er das astronomische Buch, dem Donald noch nicht einmal einen Blick schenkte.
Donald ging weiter, während die Spieluhr in seiner Tasche klimperte, dann wollte er Rentiergeweihe, und er wollte ein Louis XV-Kostüm und danach eine Opiumpfeife.
Michael studierte alte Drucke, und seine Gesten waren langsam und zögernd, von einer gewissen Traurigkeit, die Donald nicht sehen wollte, und die zu sagen schien: »Nimm mich bei der Hand und laß mich an deinen Spielen teilnehmen.«
Konnte Donald aus Michaels Verhalten nicht erkennen, daß hier ein Kind eingesperrt war, das mit ihm Schritt halten wollte, das Schritt halten wollte mit seinem Hüpfen und das sich wünschte, die Musik der Spieluhr zu hören?
Schließlich kamen sie zu einer Frau, die ein ganzes Bündel smaragdgrüner Luftballons über dem Kopf hielt. Donald wollte sie alle haben.
»Alle?« fragte Michael bestürzt.
»Vielleicht tragen sie mich davon. Ich bin so viel leichter als die alte Frau«, antwortete Donald.
Aber als er alle Ballons der Frau in der Hand hielt und nicht wie erwartet von ihnen emporgehoben wurde, ließ er sie fliegen und beobachtete ihr Emporsteigen voll Freude, als sei ein Teil von ihm mit ihnen verbunden und schwebte in den Himmel.
Da erkannte Michael, daß durch die Scheidung, die sich jeden Tag von neuem ereignete, die Zeit, die sie zusammen verbringen würden, unerträglich lang werden würde, und er wünschte die Nacht herbei, die Dunkelheit.
Ein blindes Paar ging an ihnen vorbei. Sie lehnten sich aneinander, und Michael beneidete sie. (Wie ich die Blinden

beneide, die in der Dunkelheit lieben können. Sie können niemals das Auge des Geliebten sehen, in dem sich keine Reflektion oder Erinnerung findet. Der schwarze Augenblick des Verlangens, in dem sie nichts über den anderen wissen, den sie in den Armen halten, in dem sie nur dem leidenschaftlichen Höhepunkt in der Dunkelheit zustreben, den sie berühren, und an dem sie sich entzünden. Blinde Liebende, die sich in eine Leere des Verlangens werfen, liegen in einer Nacht ohne Morgen. Sie sehen niemals das Tageslicht auf dem Körper, den sie geliebt haben. Konnte die Liebe in der Dunkelheit mehr bedeuten? Konnte sie mehr bedeuten und tiefer gehen, ohne ein Erwachen zu den Schmerzen des Tages? Nur einen warmen Körper berühren und nur der Wärme einer Stimme lauschen!)

Keine Dunkelheit war dunkel genug, um Michael vor dem Anblick zu bewahren, wie der Geliebte seine Augen abwendete, ohne Erinnerung. Nie war es dunkel genug, um nicht den Tod einer Liebe zu sehen, die Schwäche einer Liebe und das Ende einer Nacht des Verlangens.

Keine Liebe war blind genug für ihn, um den Schmerzen des Tages zu entfliehen.

»Und jetzt«, sagte Donald, und seine Arme waren voller Geschenke, »jetzt wollen wir ins Café gehen.«

Sie saßen im Kreis im Café. Ihre Ellbogen berührten sich, die Fußspitzen kreuzten sich und ihr Atem mischte sich, während die Passanten die Boulevards entlangfluteten. Die Blumenfrauen boten ihre Sträuße an, die Zeitungsjungen sangen ihre Straßenlieder, und der Abend vollzog die Hochzeit von Tag und Nacht, die man Dämmerung nennt.

Ein Leierkastenmann spielte an der Ecke, und es klang wie eine Fontäne mechanischer Vögel, die unbeirrt Carmens aufreizende Lieder sangen. Inmitten dieses künstlichen Paradieses verkümmerter Bäume rasselte ein Äffchen mit seinen Ketten, und Münzen fielen in seine Blechdose.

Sie saßen zusammen und kreisten umeinander wie kurzsichtige Planeten. Sie mutierten und vertauschten ihre Persönlichkeiten.

Jay schien der Erde am nächsten zu sein, denn auf seinen Lippen stand der Tau der Freude, auf seinen Wangen glänzte das Rosa der Zufriedenheit, denn er war der Erde am nächsten. Wann immer er wollte, konnte er die Welt mit seinem Körper besitzen. Er konnte hineinbeißen. Er konnte sie essen und ohne Schwierigkeiten verdauen. Er hatte einen großen Appetit. Er verschmähte nichts. Er hatte eine gute Verdauung. Deshalb strahlte sein Gesicht in den deftigen Farben holländischer Gemälde, in den Fleischtönen eines gutgenährten Mannes. Er lebte in einer Welt, die nie zu weit von seinen Zähnen entfernt war. Sie wurde nie unsichtbar oder körperlos, denn er besaß keine innere Kammer, in der die gegenwärtige Szene für den Kommentator wiederholt werden mußte.

Er besaß keine innere Kammer, in der diese Szene aufbewahrt werden mußte, damit sie in seinen Besitz überging. Er besaß kein Echo und kein Gedächtnis. Um seinen Körper trug er kein Schneckenhaus, keine Schleier und keine Isolierungen.

Seine Auftritte und seine Abgänge waren fließend, beweglich und leicht wie sein Trinken und dessen Folgen. Für ihn gab es kein Gefühl des trennenden Raums zwischen den Menschen, keine Distanz, die zu überbrücken war, keine Hindernisse, die man übersteigen mußte, um den anderen zu erreichen. Er mußte sich keinen Anstrengungen unterziehen.

Sein Vertrauen in die natürliche Bewegung der Planeten, in ein Schema, das von einem humorvollen Astrologen im voraus entworfen worden war, ließ ihn in diesem Lichtbild des Lebens von Paris immer ein lächelndes Gesicht zeigen. Er spürte keine Fesseln, keine Gebundenheit, und für ihn war das Leben kein Drahtseilakt wie für die anderen.

Vom ersten Augenblick an, als er die Nabelschnur zwischen sich und seiner Mutter völlig durchtrennt hatte, als er im Alter von vierzehn Jahren von zu Hause davonlief und niemals zurückkehrte, war ihm dieses Fehlen von

Schlingen, Lassos, Netzen und Auffangvorrichtungen vertraut. Er war ihnen allen entronnen.
Deshalb kreisten im Himmel des Caféhauslebens alle anderen um ihn. Sie tranken von seiner Fröhlichkeit, und sie hofften, seine Zauberformel zu entdecken.
War es, weil er akzeptierte, daß dieses *laisser faire* die Männer an den Fluß führte und sie unter Brücken schlafen ließ? War es, weil er beschlossen hatte, sich nichts daraus zu machen, unter den Brücken zu schlafen, aus den Brunnen zu trinken, Zigarettenstummel zu rauchen und die Suppe durch Schlangestehen im Hospital de la Santé zu erhalten?
Lag darin sein Geheimnis? Alle Wünsche des eigenen Ich aufzugeben, sie zu vertreiben, zu verzichten, sich an niemanden zu binden, keinen Traum zu träumen und in einem Zustand der Anarchie zu leben?
Tatsächlich stieg er nie bis zur letzten Stufe hinab. Er traf immer jemanden, der die Verantwortung für seine Existenz übernahm. Er konnte spüren, wer sich vom Mittelpunkt einer Spule abrollte und bei Nacht wieder aufwikkelte. Er konnte den erkennen, der den Geliebten binden und in eine unzerreißbare Schlinge hineinzuziehen versuchte, er durchschaute den, der sich von großer Höhe herabstürzte und sich darauf verließ, in halber Höhe nach dem Trapez greifen zu können, der sich vor dem fatalen Fehlgriff fürchtete und davor, in den Abgrund zu fallen.
Das verführte ihn stets dazu, nach der riesigen Schere zu greifen und alle Fäden durchzuschneiden.
Er öffnete Menschen am Caféhaustisch, wie er Flaschen öffnete, nicht langsam, nicht vorsichtig, er entkorkte sie, er schleuderte direkte Fragen auf sie wie Speerwürfe und überfiel sie mit nackter Neugier.
Ein Geheimnis, eine Ausflucht, ein Zurückzucken trieb ihn dazu, seine Vorstöße zu wiederholen, wie jemand, der schlecht hört: »Was hast du gesagt?«
Keine Geheimnisse. Mystifikationen sind nicht erlaubt. Gestehe alles. Zeige dich öffentlich wie diese Fanatiker, die vor der ganzen Gemeinde ihre Sünden beichten.
Er haßte Ausflüchte, Deckungen und Schleier.

Sie ließen in ihm den Barbaren erwachen, den Zerstörer der Städte, den Plünderer und Eindringling.
Spring, was auch geschehen mag!
Aber spring!
Mit einer grausamen Schere durchschnitt er alle Verankerungen. Er durchschnitt Verantwortungen, Familien und jeden Schutz. Er schickte sie alle auf das offene Meer hinaus, in das Chaos, in die Armut, in Einsamkeit und in Stürme.
Zuerst stürzten sie sicher auf das weiche Lager seines Enthusiasmus. Wenn seine furchtsamen Passagiere sich auf die Reise zu unbekannten und stürmischen Meeren machten, wurde Jay fröhlicher und fröhlicher.
Manche fühlten sich erleichtert, daß ihnen Gewalt angetan worden war. Es gab keinen anderen Weg, ihr Wesen zu öffnen. Sie waren glücklich darüber, daß ihnen Gewalt angetan wurde, wie Geheimnisse, die triumphieren, wenn sie einen Weg finden, ihrem Träger zu entschlüpfen. Andere fühlten sich verwüstet wie überrannte Länder. Sie fühlten sich hoffnungslos zur Schau gestellt und waren beschämt über die schlechteren Seiten ihres Ich.
Sobald Jay die Person und die Flasche von allem, was sie enthielt, geleert hatte, bis hin zu den Ablagerungen, war er zufrieden.
Komm, zeige offen das Schlimmste in dir. Um lachen zu können, ist es notwendig, eine Scharade unseres entwürdigten Ich zu präsentieren. Es ist notwendig, dem natürlichen Menschen ins Gesicht zu sehen und dem Charme seiner Fehler. Komm, sagte Jay, wir wollen unsere Fehler zeigen. Ich glaube nicht an Helden, ich glaube an den natürlichen Menschen.
(Ich kenne jetzt das Geheimnis von Jays Wohlbefinden, dachte Lillian. *Er sorgt sich nicht*. Das ist sein Geheimnis. Er sorgt sich nicht! Und das werde ich nie von ihm lernen. Ich werde nie in der Lage sein zu fühlen wie er. Ich muß ihn verlassen. Ich werde nach New York zurückkehren.)
Und bei diesem Gedanken zerriß das Band, von dem sie geglaubt hatte, es würde sie und Jay für alle Ewigkeit mit-

einander verbinden. Das Band der Ehe war zerrissen, gestrafft durch die Unsicherheit und abgenutzt durch die Angst. Und sie fühlte sich losgelöst und frei.
Während er andere aus ihrer Verankerung löste, indem er die Knoten der Verantwortungen durchhieb, hatte er unbeabsichtigt das Band, das würgende Band, zwischen ihnen durchschnitten. Sofort, nachdem sie sich entschlossen hatte, ihm davonzusegeln, fühlte sie sich in gehobener Stimmung.
Alle diese verwirrten Bänder, vom ersten bis zum letzten, von der Mutter bis zum Ehemann, zu den Kindern und zu Jay, alle hatten sich auf einmal gelöst, und Jay war überrascht, von Lillian ein anderes Lachen zu hören. Meist klang ihr Lachen so rostig, daß es sich eher wie ein Schluchzen anhörte. Man glaubte, sie könne sich nie entscheiden, ob sie lachen oder weinen wollte.
Zur selben Stunde berechneten Astronomen in der Kuppel des Observatoriums die Entfernung zwischen den Planeten. Gerade als Djuna gelernt hatte, solche Entfernungen durch die Schwingungen ihres Herzens zu berechnen (er ist warm und nahe, er ist fern und kalt) aus ihrer Erfahrung mit Michael, einem großen Meister in der Kunst, Distanz zwischen Menschen zu schaffen, kamen Michael und Donald. Sie konnte plötzlich sehen, daß Michael unter der vollen Erkenntnis litt, wie unüberwindbar die Entfernung zwischen ihm und Donald war, zwischen ihm und der Welt der Heranwachsenden, die er nie verlassen wollte, und aus der ihn doch sein Mangel an Verspieltheit und an Rücksichtslosigkeit verbannte.
Sobald Michael in Djunas Augen blickte, hatte er das Gefühl, seine Sehfähigkeit sei wiederhergestellt, als sei er durch den Blick in den klaren Spiegel ihres Mitleids wiedergeboren worden, denn das Werk der Unbarmherzigkeit, das Donald durch Michaels Ausschluß aus seiner jungenhaften Welt geschaffen hatte, beraubte ihn seiner Existenz.
Djuna mußte nur sagen: »Hallo, Michael!«, um ihn spüren zu lassen, daß er nicht länger ein freundlicher, beschützender Geist war, den Donald für seine Existenz brauchte.

Djuna sah in Michael den gutaussehenden, in Astronomie und Mathematik begabten jungen Mann, reich an Wissen und beredt, wenn er dazu ermuntert wurde.
»Hallo, Michael!«, sagte Djuna also einfach, und die 100 000 000 000 000 000 000 000 000 Meilen zwischen ihm und den Menschen schrumpften zu einer bedeutungslosen Zahl, die auf ein Notizpapier gekritzelt war, und die nicht einen Seinszustand beschrieb. Sie wurden wie die Theorien eines Studenten zur Seite gelegt, und er saß jetzt in einem Café. Donald zu seiner Rechten war nur noch ein sehr schöner Junge, von denen es so viele gab, die wie Tontauben auf dem Jahrmarkt nur eine Seite haben, eine Fassade – Djuna hatte Donald von Anfang an als Tontaube gesehen. (Als sie das das erste Mal zu ihm gesagt hatte, wurde er ärgerlich und grübelte über die unerträgliche Eifersucht der Frauen nach.) »Hallo, Michael, wie geht es deiner Tontaube heute?«
Solch feine Fäden verbanden Michael und Djuna. Er konnte stets die Zwischentöne ihrer Stimmungen erkennen. Das war sein Charme und seine Besonderheit, diese Schärfe der Beobachtung, die aus seiner Kenntnis der Frauen stammte, diese Fähigkeit, das Wesentliche zu beachten.
Diese Liebe ohne Möglichkeit der Erfüllung, die immer wieder zwischen Djuna und allen Nachfolgern von Michael entstand, diesem Geschlecht der Träger des Subtilen, das nur Männern seiner Art bekannt ist.
Sie hatten ein Reich entdeckt, das jenseits der sinnlichen Reiche existierte, und durch eine Kommunion flüchtiger Worte konnten sie sich gegenseitig bezaubern, trotz ihres Wissens, daß diese Verzauberung keinem gewöhnlichen Höhepunkt zustrebte.
»Djuna«, sagte Michael, »ich sehe, wie deine Gedanken wie ein Schwarm kleiner Fische in alle Richtungen streben.«
Dann wußte er sofort, daß dies bei ihr ein Symptom der Angst war, und er vermied die Frage, was sie verwundet haben konnte: »Hat Pauls Vater ihn nach Indien geschickt?«

Denn er erkannte an ihrer Art zu sitzen, daß sie einen tödlichen Hieb erwartete.
In diesem Moment erschienen auf den marmornen Tischen die Flecken der Getränke, die Überreste und der Unrat falscher Glückseligkeit.
In diesem Moment änderte der Leierkastenmann seine Melodie und überschüttete sie nicht länger mit *Carmens* Lasterhaftigkeit.
Das Gelächter des *Bajazzo*, verblaßt durch den Rauch der Stadt, klagte aus dem Leierkasten wie das Gelächter eines Irren. Das Äffchen, durch die Heiterkeit des Gelächters, die nicht nach Mensch und nicht nach Affe klang, in die Enge getrieben, rasselte in größerer Verzweiflung mit seinen Ketten und grüßte mit dem roten Fez jeden, der es vielleicht von diesem Lautsprecherbaum, an den er gefesselt war, befreien konnte.
Der Affe tanzte einen Bittanz, um von diesem Baum befreit zu werden, der durch die Drehung einer Kurbel schwarze Vögel hervorbrachte, die holprige Melodien sangen.
Aber als die Münzen fielen, erinnerte sich der Affe seiner Pflichten, und sein Gebet um schweigende Bäume verschwand aus seinen Augen. Er bemühte sich, mit seinem roten Fez eine Geste der Dankbarkeit auszuführen.
Djuna kehrte zurück in ihre labyrinthischen Städte des Inneren.
Dorthin, wo Musik keine Namen trägt, sondern wie ein unterirdischer Fluß dahinfließt, der alle Stimmungen, Empfindungen und Eindrücke auflöst und eine fließende Welt formt und umformt …

Wo Häuser nur Fassaden haben und Ein- und Ausgänge leicht zugänglich sind,

wo Straßen keine Namen tragen, denn es sind die Straßen geheimer Schmerzen,

wo die Vögel, die singen, Vögel des Friedens sind; Paradiesvögel, die farbigen Vögel des Verlangens, die in unseren Träumen erscheinen,

dort sind sie, die fürchten, auf dieser Reise ohne Kompaß, Barometer, Steuerrad oder Enzyklopädien verlorenzugehen.

aber Djuna wußte, daß bei dieser Aufgabe des Ich ein Sinken in die tieferen Schichten des Bewußtseins stattfand, tiefer und tiefer; es begann an der Oberfläche der Fröhlichkeit und stieg die geologische Treppe hinab und trug dabei nur die empfindliche Waage des Herzens, um das Unwägbare zu wiegen.

durch diese Straßen geheimer Schmerzen, in denen die Musik anonym war und Menschen ihre Anonymität verloren, um besser und leichter durch die Jahre hin- und hergetragen und -gespült zu werden, um nur die Höhepunkte der Ekstase zu finden ...,

um nur die Daten und Namen der Emotion festzuhalten, die allein in den Körper eindringen kann, und die sich der Flut und dem Verlust der Erinnerung entgegengestellt,

damit nur die wichtigen Daten tiefen Fühlens immer und immer wiederkehren mögen, jedesmal neu durch die Brunnen, Fontänen und Fluten der Musik ...

Anaïs Nin

Die neue Empfindsamkeit
Über Frau und Mann
Band 5209

Leitern ins Feuer
Roman. Band 5226

Sanftmut des Zorns
Was es heißt, Frau zu sein
Vorträge, Seminare, Interviews
Herausgegeben von Evelyn J. Hinz
Band 5242

Kinder des Albatros
Erzählung. Band 5975

Unter einer Glasglocke
Erzählungen. Band 5145

Die Tagebücher der Anaïs Nin. 1947–1955
Band 2253

Die Tagebücher der Anaïs Nin. 1955–1966
Band 5100

Die Tagebücher der Anaïs Nin. 1966–1974
Band 5631

Das Kindertagebuch. 1914–1919
Band 5740

Das Kindertagebuch. 1919–1920
Band 5618

Fischer Taschenbuch Verlag

fi 91/4